「…やらしくて、可愛いね」
槇嶋は満足そうに微笑むと、広げられたそこを勃起した
ペニスで刺し貫いた。
「あ、ああっ…ン…っ！」

Cocktail Kiss Label

オメガバースの寵愛レシピ

義月粧子
Syouko Yoshiduki

この物語はフィクションであり、実在の人物・
団体・事件等とは、いっさい関係ありません。

Contents

イラスト・Ciel

オメガバースの寵愛レシピ

駅から歩いて約三分、立地はまずまず。表通りから一筋入っただけで駅前の喧騒は感じさせない、落ち着いた佇まいの中に彼の働く店はあった。

敷地の隣は児童公園で、ちょうど店側に花壇があって、今の季節は紫陽花《あじさい》が見事な花を咲かせている。

その彼の働く店とは、このあたりではちょっとした人気のトラットリア『ヴェーネレ』であり、彼とはこの店のシェフの神野柊哉《じんのしゅうや》のことである。


「カルパッチョ、三番テーブル。テリーヌ、十二番」

シェフの声が厨房に響く。次々と通されるオーダーに追われるように、スタッフたちは皿に料理を盛り付けていく。

「もっと焼き目を付けて」

「牛フィレ、まだ？　急いで」

柊哉は厨房全体を見回して、自分も料理を作りながら、周囲に指示を出していく。

「シェフ、ソースの確認を」

スプーンを出されて、味をみる。

「…もうちょっと煮詰めて。そのあと白ワインをスプーン二杯追加」

そう云《い》うと、少し考えて塩を指先でとって加えた。

昨日あたりから鼻と舌が絶好調だ。発情期が始まる一週間前、そのあたりから数日間はなぜかすごく調子が上がる。香辛料の微妙な風味を嗅《か》ぎ分け、舌はいつも以上に敏感に味覚を察知する。

発情期…、そう彼はオメガ型に分類され、男でありながら妊娠が可能というセクシャリティに属する。

オメガだから味覚が鋭いとは限らないが、柊哉は味覚に関する記憶が特殊なくらい発達していて、それが発情期の一週間前から数日間は顕著になる。

アルファが仕切り、圧倒的多数派のベータが回す世の中で、オメガは常に虐《しいた》げられる。

それでも柊哉は自分の特技を活かして、この職に就けた。

あとで何か云われのは面倒なので、柊哉は自分がオメガであることを隠さなかった。自分の下で働く厨房の従業員を面接するときには、先ずそのことを云うようにしていた。オメガに対する偏見や差別は実際にあるし、オメガの下では働きたくないと思う人はそれなりにいるのだ。

殆《ほとん》どのベータにとって自分の周囲はベータばかりなので、セクシャリティを意識することはあまりない。アルファは特別な存在だし、オメガのことに興味を持つこともない。

偏見を恐れてオメガであることを隠す者が多いせいで、ベータはオメガの存在を殆ど知らない。ただ、何となく下に見ていて、気の毒な存在だと思っていることが多い。

自分には偏見はないつもりで就職してみたものの、いざオメガの上司の元で働くことになって、何となくおもしろくないと思っているスタッフもいるようだが、それでも表立ってそれを口にするわけではない。

柊哉はオメガにしては背が高い方でベータの平均くらいの身長はあったし、一般的なオメガのイメージであるよく云えば愛らしい、悪く云えば媚びたような、そういう外見の特徴が柊哉には見られなかった。

何よりピルを服用することで発情をほぼ抑えることができていたので、ベータのスタッフたちも彼がオメガであることを意識することもなくなっていた。

柊哉はただシェフとして料理をして、厨房のスタッフを管理する。それが日常だ。

「シェフ、五番のお客様、オーダー変更です」

サービスの中野《なかの》が慌てて厨房に駆け込んできた。

「え……」

既に食材は火にかけられている。

「あ、間に合わなかった…？　今から断って…」

「いや、いい」

柊哉はすぐに厨房スタッフに指示を出す。

一旦受けたものを後から変更できませんでしたと云うわけにはいかない。客はがっかりするだろうし、それを聞いた隣のテーブルの客だって、店にいい印象は持たないだろう。

「すみません…」

中野が申し訳なさそうに頭を下げる。

「…きみのミスじゃない。気にするな」

素っ気なく返す。それを聞いた中野は、引き攣《つ》った顔でもう一度頭を下げた。それを見ていた他のスタッフが彼の肩を叩いて励ましている。

柊哉はフォローしたつもりなのだが、口調が冷たく最低限のことしか云わないせいで、いつも怒っていると思われてしまう。

それも仕方ないことで、柊哉は意図的にそう振る舞っていたのだ。

薄茶の髪と同色の眸はくっきりと印象的で、気を抜くと幼くも見えて、あと二年で三十歳を迎えるようにはとても見えない。

どこか寂しげにも見える表情が、小さく微笑むとふわっと花が咲いたようで、それは本人にそのつもりがなくても、時として男の気を強く惹いてしまうのだ。

身長はさほど低くないものの華奢《きゃしゃ》なせいで小柄に見られてしまう。そのせいもあってこれまで何度か恋愛ごとのトラブルに巻き込まれてしまうことがあった。それにうんざりしていた柊哉は、必要以上に不愛想に振る舞うようになっていった。

なまじ容姿が整っているせいで、無愛想にしているとちょっと近寄りがたい。舐められないように口調も厳しくしていることもあって、スタッフとはまったく馴染めていない。

しかしそのお陰で職場では恋愛対象に見られることもなくなって、柊哉はこのスタイルを貫くことにしていた。

スタッフたちとプライベートの付き合いは一切ないが、ある意味快適だった。きっと裏でオメガのくせにえらそうだとか云っているのであろうことは予想がつくが、それでも柊哉自身が、他のスタッフにどう思われているのかあまり気にしていなかったので、今くらいの距離がある方がいいと思っていた。

「上原《うえはら》、チキンのグリル、頼む」

スーシェフの上原に指示を出すと、次のオーダーを見て手早く食材を準備する。更に新しいオーダーがいくつも入ってきて、厨房は戦場さながらだ。

そんなときに、ホール担当の女性スタッフが浮足立った様子でこそこそ話しているのが柊哉の耳に入った。

「すっごいイケメン。もしかして芸能人じゃない？」

「芸能人がうちの店に来るかな」

「何でもいいわ。あんなイケメン見たことないし。今日、シフト入れててよかったあ」

「絶対アルファだよね。ラフなスーツなんだけど、めちゃ高そうだし」

「え、どこどこ？」

「五番テーブルの…」

さすがに柊哉はじろりと彼女たちを睨《にら》む。

それに気づいた三人は慌てて口を噤《つぐ》んで、頭を下げた。

従業員にしか聞こえないとはいえ、客の品定めなどあり得ない。そういうことに柊哉はふだんから厳しい。悪口ではないからといって大目に見ると、そのうち目に余るようになる。

「…十八番にカポナータ」

「イエス、シェフ！」

アルファだよねと云ったスタッフは慌てて皿をとると、そそくさと厨房を出ていった。

その彼女と入れ違いに入ってきた店長は、オーダーを通して柊哉のところまできた。

「シェフ、忙しいところ悪いけど、お客様がシェフと話がしたいと…」

手長エビを鉄板に置いた柊哉の手が止まって、一瞬苛《いら》ついたように眉を寄せた。

一番忙しい時間帯で、厨房はやや殺気立っている。テンポよく片付けていかないと客を待たせることになってしまう。そんなときに厨房を離れられるはずないだろう。そんな無言の抗議で柊哉は店長の声を無視した。

店長はその反応を充分予測してたように、軽く肩を竦《すく》める。が、それで引き下がるわけにはいかない。

「シェフ、忙しいところ悪いんだけど…」

やや申し訳なさそうに、再度繰り返す。

シェフがホールに出て客に挨拶することはできるだけ遠慮したいと、執拗《しつよう》に訴えてきたこともあって、店長も客の要望があってもたいていの場合は断ってくれるようになった。が、それをわかった上で頼むということは、特別な客なのだろう。

柊哉は軽い溜め息をつくと、ちらっと店長を見た。

「…これ焼けたら行きます」

「助かる！　よろしく頼むよ」

店長はほっとした顔で、ホールに戻っていった。

こんな時間帯にシェフを呼べとか、ろくでもない客だと思いつつも、柊哉はそれは顔に表さずにエビの焼き加減を見て、向かいで仕事をしている副《スー》シェフに声をかけた。

「上原、盛り付け頼む」

「了解」

上原は手早く自分の担当の皿にソースを添えると、急いで柊哉の代わりに盛り付けを始めた。

柊哉は長いエプロンを外して、壁のフックに引っ掛ける。そしてコックコートのボタンを上まで留めていると、店長が戻ってきた。

「出られる？」

店長の言葉に軽く頷いた。

「どんな客ですか？」

「会社がらみ。坂下《さかした》さんがよろしくって」

「…ああ」

仕方ないなと軽く溜め息をついて、厨房とホールを仕切るドア横の壁にかかった鏡で、全身チェックした。

あまり知られてないし、ウェブではそこまでの情報は掲載していないが、彼らの会社は二つの店を経営している。従業員たちが便宜上本店と呼ぶ「オガタ」と、この「ヴェーネレ」だ。

本店は特別なレストランだ。オーナーが惚れ込んだ天才シェフの料理を味わいたくて、セレブたちが足しげく通ってくるような店。

メディア露出は一切していないのに、人づてに広まった評判が店をスペシャルな存在に押し上げている。

店を始めて一年足らずで、オーナーの知人でもある上客たちですら思うように予約がとれない状況になってしまって、思い切って価格帯を上げることにした。それでも食べたい客だけが残ればいいと思ってのことだが、予想に反して予約は一向に減らなかった。

更に価格を上げ続けて、それでも食べたいと云う客のためにシェフは腕を振るう。

特別なシェフによる、特別な食材を使った特別なメニュー。そのスペシャル感にゲストは惜しげもなく金を払う。

シェフは心底料理を愛し、最高級の食材と向き合うことを至福としている。

そんな店のシェフが、オーナーの提案で、街の洋食屋さんのような店を作りたいと考えて始めたのが、柊哉が働くこの店だ。

しかし本店のシェフがここの厨房に入ることはない。

シェフはレシピを考案し、サンプルを作るだけだ。それを柊哉が完璧に再現する。

食材はどこでも手に入るものばかりで、本店で扱うものとは別物だ。

毎日でも食べられるような、特別ではない料理。それでも毎日食べたいくらい美味しい料理。

家庭のご飯とは違う、プロが作るちょっとだけ手が込んだ料理。

それがこの店のコンセプトだ。

だから本店の客がこの店に来ることは滅多にない。彼らが本店に望むものはここにはないのが明らかだからだ。

それでも、本店の顧客がこの店を訪れることが、たまにある。もちろんただの興味本位で覗きに来るのだ。そして「普通に美味しい」だけの料理に露骨に期待外れの顔をしてみせる。

どうせ今日の客もそうなのだろう、そう思ったが、それでもわざわざマネージャーが予約を入れたのだから、丁重に扱えという意味であることもわかる。

まったく、もの好きが…。

面倒な仕事はさっさと片付けたい。そう思って急ぎ足でホールに出た。

普段着の客も、ちょっとお洒落をしてる客もいて、街の洋食屋よりはいくぶん気取った店ではあるが、気取りすぎてはいない。

夜は公園の花壇に照明を向けるように演出していて、華やかな雰囲気を醸し出している。その風景が一番綺麗に見えるテーブルで、彼らはシェフを待っていた。

「お待たせいたしました」

一礼して顔を上げた。

これは…。

男性三人、女性二人の目立つグループ。柊哉の視線は、一人の男に釘づけになった。

「シェフ、こちら槇嶋《まきしま》様」

店長が、柊哉が釘付けになった男を紹介する。その男はアルファだと一目でわかる人目を引かずにはおかない華やかな容姿で、存在そのものが際立っている。

冴えた目元に綺麗に通った鼻筋のノーブルな容姿だが、ちょっとした表情に色気とクセが見え隠れする。

あまりにも好みの容姿だったため、柊哉はガン見してしまっていた。

「シェフ？」

店長にそっと声をかけられて、はっと我に返った。

「あ、…本日はご来店いただきまして、…ありがとうございます」

ぎこちなく挨拶して、少し目を伏せた。

アルファに会ったことは数えるほどしかないが、心臓がばくばくして落ち着かない。

「わざわざお呼び立てしてすみません」

「い、いえ…」

「思ったより若い方なんですね」

槇嶋は柊哉を見て、にこっと微笑んだ。

自分に向けられた笑顔があまりにも魅力的で、柊哉はくらりとなって目を細める。が、それは顔をしかめたように見えてしまったかもしれない。

「お楽しみいただけてますか？」

柊哉がろくに話せない状態なので、彼に代わって店長が愛想よく続けてくれた。

「ええ。紫陽花が綺麗で…」

は？　柊哉の眉がぴくっと震える。

さっきまでイケメンに動揺していたが、急にスイッチが切り替わった。

レストランに来て、料理ではなく紫陽花を話題にするとは…。わざとじゃないなら、かなりずれてる。

「ほんとに綺麗。あとで写真撮ってもいいですか？」

「もちろん。公園の花壇なんですが、うちも手入れを手伝っているんですよ」

「そうなんですかあ。インスタにお店の名前出してもいいですよね？」

柊哉の眉がぴくっと上がって口を開きかけたが、それより先に店長が申し訳なさそうに頭を下げてくれた。

「すみません、うちの名前はちょっと…。公共の公園なので、それを利用してるみたいに思われるといろいろ問題がありまして…」

「けど、実際利用してますよね」

槙嶋の隣の席の男性が、無邪気に笑いながら悪気なく返す。

また、ぴくりと柊哉の眉が上がる。

「いやまあ、そう云われたらそのとおりなんですけどね」

店長はこういうときの客あしらいがうまい。

「いちおう、照明は役所から許可をもらってはいます。ただ、それで人を集めることになってしまうと、ご近所の手前もあるので…」

「あー、そうなんですかあ」

女性は残念そうに云うと、スマホをテーブルに置いた。

「お店の宣伝になるかなって思ったんだけど…」

「お気遣いありがとうございます。私どもはお食事を楽しんでいただければそれで十分でございますので」

店長はにこやかに返したが、柊哉はかなり苛ついていた。まさかそんな用で呼び出したってのか？　この忙しい時間帯に…。

好みのタイプなのにがっかりだ。そう思ったが、がっかりも何もよく考えればもう二度と会うこともない相手なのに、何を云ってるんだろうと内心苦笑する。

「実は、予約の時に云うべきだったんだけど…」

槇嶋がやんわりと店長に話を振る。

「今日、こちらの彼女の誕生日なんですよ。それでデザートのときに何か…」

「インスタ映えするような？」

店長は槇嶋の意図を察知して、女性たちに微笑んでみせる。

ちょっと待て。そんな余裕あるかよ。それに、それを見た他の客が自分たちもとリクエストし始めたらどうするんだよ…。

そう思ったが、店長が懇願するように柊哉を見ているのに気付く。

「…喜んでご用意させていただきます」

答えたものの、さすがに顔は引き攣っていたかもしれない。

一礼すると、店長を残してさっさと彼らのテーブルを離れた。

料理の感想も特になく、デザートのリクエストと花壇を誉めるだけのことにシェフを呼び立てて…。そんなことは店長に云えば済むことじゃないか。

ちょっとホールを見回してみればいい。ぎちぎちの満席だ。いつもより椅子の数を増やしている。スタッフは必死で片付けて次の客を招き入れている。一週間で一番混む日の一番混む時間帯だ。そんなときに人を呼び立てて、しかもスペシャルなデザートだと？

さすがに苛ついて乱暴に厨房のドアを閉めた。

「だからアルファってのは……！」

小声で愚痴る。

「え、何か？」

通りがかったスタッフが慌てて振り返った。

「いや、何でもない」

気持ちを切り替えて、コックコートのボタンを外すと、急いでエプロンを着けた。

「シェフ、確認を」

待っていたように、スタッフの一人がボウルでかき混ぜたソースを差し出す。

「…薄いな」

そう云うと目の前の塩を足して、レモンを搾《しぼ》る。

再度確認して、ゴーサインを出した。やっぱり、舌の調子は良好だ。

「吉田《よしだ》、五番テーブルのドルチェ、一皿だけちょっと豪華にデコレーションしてくれるか。バースデー仕様で」

パティシエではないが、主にドルチェを担当している吉田を呼ぶ。ごつい体型からは想像できないくらい繊細なセンスの持ち主だ。メニューを黒板に書いてくれるのも彼だ。

「クラフティやタルトをカットして…。ソルベとジュレで…適当に…」

「お任せを」

「オレンジのワンピースだったので、できれば合わせて。インスタ映えするやつ」

「映えね、オッケーです」

吉田は指でOKサインを作ると、作業にかかった。

柊哉は自分がいなかったあいだに停滞した流れを、急いで取り戻す。

集中して、いくつもの肉や魚を焼いていく。それぞれ焼き時間が違うのを利用して、次々に皿を完成させていく。そのスピードで彼に敵《かな》うスタッフはいない。特別手先が器用なわけではない、むしろ不器用な方だ。ひたすら訓練して腕を上げてきた。すべては努力の賜物《たまもの》だ。

それだけに、苦手なことを苦手なままにしてろくに訓練もしないスタッフには厳しい。

「三番のスズキは?」

「今できる」

柊哉は香草を添えると、カウンターに滑らせた。

「六番、イワシはいつ…」

「きみが戻ってきたときには、できてる」

「了解」

溜まっていたオーダーがある程度流せたので、柊哉はスタッフに食材の残りを確認させると、皿を下げてきた店長に合図した。

「なに？」

「牛フィレは今日の分はもう終了です。次からは断ってください。短角牛の赤身が余裕あるので、そっちお勧めして」

「了解。他には？」

「手長エビもそろそろかな。今日はよく出たんで…」

「んじゃ、黒板消しとくわ」

「よろしく」

「あ、さっきの槇嶋さん、喜んでくれてたよ」

どきっとしたが、顔には出さないで素っ気なく云う。

「…ああ。そりゃよかったです」

「シェフによろしくって」

そうか、もう帰ったんだ。

もう一度、顔だけでも拝みたかったなと思うが、そんな機会はもうないだろうことはわかっていた。

わかっていたのだが…。

「シェフ、改めて紹介するよ。オーナーのお孫さんの槇嶋凌《りょう》さん。暫《しばら》くうちの店に研修で入られることになった」

「…は？」

柊哉はまじまじと槇嶋の顔を見た。

オーナーの孫？　初めて聞いたんだけど…。研修ってどういうこと？

「槇嶋です。よろしくお願いします」

柊哉はできるだけ顔に出さないようにしていたが、それでもひたすら戸惑っていた。

研修ってナニ？　ココで働く？　もしかしたら毎日会える？

「…神野です」

パニクると、よけいに無表情になる。

それでも、心臓は飛び出しそうにどきどきしている。もう一度見たかったこの見事な造形の顔を毎日拝める？　ほんとに？

「さっきはどうも。どんな店なのか自分の目で見ておきたくて」

なるほど、そういうことなのか。

「忙しい時間帯だと、店の状態がよくわかるでしょ？」

柊哉の眉がぴくっと震えた。なんだ？　何かの偵察みたい？　ちょっと引っ掛かる。

「槇嶋さんは、二年前に大学を卒業されたと…」

え、年下？　それも三つも？

「そうです。在学中から友達の会社を手伝ってるんですが、祖父に頼まれて本店で扱ってる食材の一部を通販できるシステムも作っていて…」

「ああ、あれ。好評みたいですね」

「お蔭さまで。ただ今は種類も少ないしすぐに在庫なくなるしで、本店も片手間な感じでやってるだけで。でもそれじゃあもったいないから、もっと本格的なものにして、そのために会社を興したらどうかって…。あ、これオフレコね」

そっとウインクして見せる。

やばい…、カッコよすぎる。柊哉はこういうちょっと軽いナンパな感じに弱い。

「祖父にそれを持ちかけたら、それには店のことを知っておく必要があるからこちらで勉強させてもらうようにと。そんなわけで暫くお世話になります」

やっぱりここで働くらしい。

「あの…、レストランで働いた経験は？」

柊哉は恐る恐る尋ねてみる。ここは確かに街の洋食屋さんがコンセプトだが、それでもファミリーレストランのような接客では困る。

「残念ながら初めてです」

まあそりゃそうだろうなと思う。アルファは普通そういう仕事には就かないものだ。

この店のオーナーは投資家だ。いくつもの会社に投資をして、中には筆頭株主になっている会社もある。その孫が、料理を作ったり出したり、皿を洗ったり床を磨いたり、そういう仕事に就く可能性は低い。

「慣れるまでは僕について、いろいろ覚えてもらおうと思ってる」

店長が横からそう云った。

「ああ、それなら…」

どうやら自分はあまり関係がなさそうだ。

「そうだ。せっかくなので、料理の感想を聞いておきたいな」

店長が悪気なく提案する。柊哉は少し身構えた。

「忌憚《きたん》ない意見を聞かせてもらえたら…」

その言葉に、槇嶋はちらりと柊哉を見る。

「そうですね…。そんなに悪くなかったと思います。このふた月ほど、ここと同レベルの価格帯のイタリアンを何軒か回ったけど、その中では上位に入るんじゃないかな。ただ、私には少し物足りなかったかな。緒方《おがた》シェフのレシピでも、彼が作るようにはいかないだろうし、それでもどうしても期待はしちゃうよね」

「……」

柊哉は反論した方がいいのか迷った。ここで出す料理は、本店のシェフである緒方のレシピどおりだ。彼が作ったものを忠実に再現している。それは緒方本人が認めているのだ。柊哉が十年に満たないキャリアでシェフを任されたのも、その再現力のおかげなのだ。

「とはいえ、世間的には充分だとは思います。私の連れも、少なくとも女性陣は喜んでいましたし」

なんだ、この上から目線は。柊哉は思わず顔を上げた。

「同じなんだけど」

「…は？」

「緒方シェフが作っても同じだと云ってる。文句があるなら彼に云えばいい」

柊哉の反論を予想してなかったのか、槙嶋はまじまじと彼の顔を見る。

「あの、貴方《あなた》、自分が緒方シェフと同じものが作れると？」

「うちのレシピに関しては、そういうことだ」

「え、ちょっと待って。貴方、自分が彼と同じレベルだと…」

失礼にも槇嶋はちょっと苦笑している。それを見て、柊哉は更に苛立った。

「誰が同じレベルだと云ってる。俺は彼のレシピを忠実に再現してるだけだ」

「いや、レシピどおりだからって同じものが作れるはず…」

「作れるんだよ、こっちはプロなんだから！」

思わず声を荒らげてしまって、店長が慌てて割って入る。

「シェフ、喧嘩腰にならないで」

自分だけが責められたようで、柊哉はそれにむっとする。

「…聞きたかったんですけど、店長はこの人がオーナーの孫だっての最初から知ってた？」

「え、ああ、それはまあ…」

自分に矛先が向いて、店長はごまかすように頭を搔く。

店長は悪い人間ではないが、店全体のことよりも自分の立場を優先するところがある。柊哉は自分よりも十歳以上年上ということもあって、ふだんは彼を立てるようにしていたが、さすがにもうちょっと考えてもらわないと…。

「一番忙しい時間帯だってわかってて、それで予約受けたんですか？」

「予約の時間は会社からの依頼だから…」

「だったら、俺を呼び出すのは断ってもらいたかったですね」

柊哉がため息をつく。

「あー、すみません。それは俺がどうしてもってお願いしたから…」

槇嶋がヘラヘラ笑いながら店長を庇《かば》う。

そんな槇嶋に、柊哉は向き直った。イケメンのアルファであろうが、生意気な鼻っ柱はきっちり折っておかないと思ったのだ。

「…で、何がしたかったわけ？」

「何が、とは？」

「クソ忙しいときに呼び立てて、にこやかに接客できるかとか？　連れに失礼なこと云わせて俺がどんな態度をとるのかとか？　面倒な注文にどう対応するかとか？」

「…まあ、そんな感じかな？」

槇嶋は悪気なく、あっさりとそれを認めた。

これからレストランで働こうと云うのに、店や他の客に迷惑をかけることを何とも思っていないのだ。

「なんの目的で？」

「下見？　あんまりな店だったら研修は断ろうかと…」

槇嶋は当たり前のことのように云って、くすっと笑う。

「なんか、俺が気に入らないみたいですね？　他の店で研修した方がいいのかな？」

「や、大丈夫。サービスは僕が担当だから、シェフは基本、サービスのことには口出ししないから。ね？」

店長は同意を求めるように柊哉を見る。

「…まあ、そうです」

「ふうん？　けど、こっちが断る場合もあるわけで…」

「え、そんな。僕は大歓迎だよ。きっと他のスタッフたちも…」

「けど、自分をあの緒方シェフと同等だと勘違いしてるシェフがいるようじゃ…」

蒸し返した槇嶋を、柊哉はぎっと睨んだ。

「誰が同等だって？　そんなこと云った覚えはないぞ」

「同じ料理が作れるって断言しませんでした？」

「だからうちのレシピ限定だってての！」

柊哉は乱暴に返した。

「あんたは何も知らないようだけど、この店のために緒方シェフは本店とはまったく違うコンセプトの料理を考えたの。どこででも手に入る食材で、特別感はないけど、また食べたいなと思わせて、何度も足を運んでもらえる料理。街の洋食屋さんって云ってたけど、彼の中ではそんな感じ。その料理を、俺がまんま作ってる。あんたは本店の料理しか知らないんだろうけど、あれはもう材料からして違うの。特別に取り寄せた最高級の食材の、しかも一番いいとこしか使ってない。そのスペシャルな食材を最も活かす料理を、緒方シェフは毎日食材に合わせて考えてるの。もうベースが全然違う。比べることが間違い。けど、それだけが緒方シェフの料理ではないの。うちのも、緒方シェフの料理なんだよ」

柊哉は一気にまくしてた。

「何より、緒方シェフ本人が認めてる」

「……」

「あんたには不満だったかもしれないが、彼の考えたこの店のコンセプトはインパクトのある特別なイタリアンではないんだよ」

「シェフ、そのへんでもう…」

「もう終わったよ」

柊哉は店長にそう返すと、ロッカールームに引き上げた。

あーあ、やっちゃったよ…。あの様子じゃあ、研修は別の店を探すことになるだろうな。ていうか、最初から本店に行けばいいじゃないか。客の殆どがアルファで、シェフもそうだし、居心地もいいはずだ。

そもそも、あんな上等なアルファとなんて一緒に働けるはずがなかった…。いや違うか。あんなふうに云い返したりせずに大人しくしていればそうなっていたのかも…。

自分でチャンスをフイにしてしまったことで、がっくりと肩を落とす。

まあけど、あんな失礼な奴、いくらアルファでも一言云ってやらなきゃ収まらないし。店のことなんだから、黙ってるわけにもいかない。

ため息をついて、着替え終えたコックコートとエプロンをクリーニング用のボックスに入れた。

それにしても、とんでもないイケメンだった。

柊哉が今までアルファに会ったのは数えるほどだが、槙嶋はその中でも群を抜いた存在感がある。

きっとこれまでの人生、負けなしなんだろうなと思う。そんなふうに、産まれたときから全部のカードを持った人間もいるのだなあ。

柊哉は自分の過去の境遇を考えて、何とも言えない気持ちになる。

自分は何のカードも持ってなかった。

父親の顔も知らない上に、母親が柊哉を顧みることは殆どなかった。同じアパートの住民が見かねて柊哉の面倒を見てくれたお蔭で死なずに済んだが、母親からは愛情らしきものを受けた記憶はない。

中学に入学したときに検査があって、柊哉は自分がオメガであることを知ったのだが、それを告げたときに母がひどく混乱していたのを柊哉は覚えている。

学校にはカウンセラーもちゃんといて、低所得家庭用にピル処方の補助もあることを教えてもらうことができた。まだ発情期はきていなかったが、そうなる前に少しずつ気持ちの準備をしていくのだ。

高校も低所得家庭向けの奨学金で通っていて、卒業したら家を出るつもりだった。が、それが半年早まった。

母の恋人から犯されそうになったときに、あろうことか母親からオメガのおまえが誘惑したせいだと決めつけられたのだ。

あれはなかなかに最悪な瞬間だった。

「あー、嫌なこと思い出しちゃったよ…」

そういえば、母親からよく「おまえはすぐ人に媚びる」と云われていたのを思い出す。

そう、自分は媚びる子どもだった。

それも仕方ない理由があった。機嫌が悪いと理由なく子どもを虐待する母親だったので、何とか怒らせないようにといつも顔色を窺っていた。それがまた母を怒らせることにもなったのだが、反抗などしようものならそれ以上の仕返しをされるので、柊哉は媚びる以外になかったのだ。

しかし家を出たときを境に、柊哉は人に媚びることをやめた。

自分で働いた給料まで取り上げられて、それでも反抗しなかったが、もう我慢しなくていいんじゃないかと初めて思えたのだ。

我慢するのが癖になると、家庭以外でも自分の意見が云えなくなる。いつも人の顔色を窺っている卑屈な自分が嫌いだった。

その反動か、相手によって態度を変えるということをしなくなった。自分でももう少し融通をきかせてもいいんじゃないかと思うこともないわけではなかったが、そうすることに強い抵抗があったのだ。

仕事をクビになったとしても、理不尽なことに目を瞑《つむ》りたくない。媚びたくない。

その思いがこれまで彼を支えてきた。

媚びはしないが、人の倍働く覚悟で、カードを自分で増やしていった。

手先は器用な方でないし、認められるためにはひたすら練習した。そのうちに、何も持たないと思っていた自分にも、元々持っていたカードがあることに気づいた。それが、味覚の記憶力である。

その能力が、この店のシェフを任されるきっかけになった。そして能力を活かすために、相応の努力もしてきていた。

オーナーの孫だろうが、とびきりのアルファだろうが、素人にえらそうに云われなきゃならない筋合いなんてない。

「ま、それにもう来ないだろうしな」

残念な気持ちはあったが、どうせアルファと縁ができるはずもない。

そんな夢は見ない。


翌日、柊哉が出勤してくると、何やら店内が騒がしかった。

「あ、おはようございまーす」

柊哉の姿を見るなり、スタッフたちが挨拶する。その中にひときわ長身の男がいた。

「え、きみ……」

「今日からお世話になります」

槇嶋だった。

てっきり、他の店を探すんだとばかり思っていた。

彼を取り囲む女性スタッフたちの目の色が違う。その中にイケメンがいたと騒いでいた子も当然入っている。やはりあれは槇嶋のことだったようだ。

「…そう。よろしく」

素っ気なく返すと、ロッカールームに向かった。その途中で店長とすれ違う。

「あ、シェフ、ちょうどいいとこに」

そう云って、柊哉を控室に呼んだ。

「槇嶋くんのこと、よろしく頼むね」

「…さっき会った」

「あ。そう？　女子たち大興奮でしょ？」

柊哉は苦笑しただけだった。

「坂下さんから改めて連絡もらったんだ。研修は毎日じゃなくて、週に三、四回かな。他の日は坂下さんとこで新会社の準備をするらしい」

坂下は本店のマネージャーで、会社の専務でもある。

社長は緒方ではあるが、彼は料理以外のことはあまり関心ないようで、実務的なことはすべて坂下に任せている。

「研修期間は半年くらい？　だいたい今年いっぱい。スタッフ数にはカウントしないから、余剰人員ってとこかな。助かるよ」

「……」

「とりあえず、うまくやってね？」

懇願するように云われて、柊哉はもう一度苦笑した。

着替えて厨房に入ると、スタッフたちも槇嶋の話で持ちきりだった。

「シェフ、聞きました？　オーナーの孫の…」

上原が小声で耳打ちする。

「聞いてる」

「めちゃめちゃイケメンで、彼がサービスに入ったら大変なことになりそう」

確かにそれはそうかも…。

「…常連さんには迷惑かけないようにしないとだな」

「あと、写メも断った方がいいかも」

そう云うと、上原は食材の下処理に取りかかる。

柊哉も、いつものように準備を始める。そこに、店長に案内された槇嶋が入ってきた。

「みんな、もう知ってる感じだけど、いちおう紹介しとくね。今日から研修でサービスを担当する槇嶋凌くん。仲良くやってくれ」

紹介されて、槇嶋が軽くお辞儀をする。

「槇嶋です。よろしくお願いします」

「シェフ…はもう知ってるので飛ばして、スーシェフの上原くん」

紹介された上原が軽く手を挙げた。順に紹介されていくのを、槇嶋は一人ずつに愛想よく微笑みながら会釈をした。

「えーと、なんて呼べばいいすか？　槇嶋、くん？」

上原が云いにくそうに確認する。

「あー、槇嶋でかまいませんけど」

槇嶋はフレンドリーに返す。オーナーの孫だし、しかもどう見てもアルファなのだが、実に気さくで感じがいい。

「じゃあ、槇嶋で。よろしく、歓迎するよ」

上原はにっと笑うと、握手を求める。槇嶋もすぐにそれに応じた。

「ありがとうございます。いろいろ教えてください」

上原はムードメーカーで、コミュニケーション能力があまり高くない柊哉に変わって、厨房をまとめてくれている。

柊哉よりも五歳年上で既婚者でもある。柊哉とも概ねうまくいっている。彼がいてくれることでスタッフとのいらぬ摩擦が減って、柊哉は感謝している。

「さっき制服が届いたから、着替えてもらおうかな」

店の制服はギャルソンスタイルだ。白のシャツにネクタイ、黒のベストに揃いのパンツ。そして長いエプロンだ。

槇嶋が店長と厨房を後にすると、スタッフたちがこそこそと噂話を始める。

「オーナーの孫だって？　オーラ凄かったな」

「そのわりに気さくで、素敵じゃない？」

「ミヤちゃんもやっぱり女子だねえ」

「だってまさに目の保養って感じでしょ。観賞用ね」

「確かに、あんな出来過ぎだと嫉妬する気にもならないな」

仕事そっちのけで話に夢中になっているスタッフに、柊哉は壁にかかっている時計に目をやって、ちょっと眉を寄せた。開店時間までそれほど余裕があるわけではない。

そんな柊哉に気づいたスタッフたちは、慌てて無駄話をやめると開店準備にかかった。

柊哉は要領の悪いことが嫌いだ。仕事の効率化を常に考えていて、スタッフ一人一人がスキルを上げることを期待している。厳しく口うるさいが、それでも柊哉の下で働くことで確実にスタッフの技術は向上している。

それでも彼らはオメガが上司ということが引っ掛かるのか、あまり柊哉を認めていない。

シェフでありながら、自分のオリジナル料理がないということでも軽く見られがちで、柊哉が注意すると不満を露骨に表す者もいる。

柊哉は怠けるスタッフには容赦なかったので、どうしてもぶつかる。

柊哉自身が、決して手先が器用なわけではないが、人の倍働くことでスキルを上げてきた自負があるのだ。プロとして舐めた態度のスタッフが、彼には理解できない。

それでも柊哉は、仕事の上では私情を持ち込まなかった。仕事ができる部下なら裏で自分の悪口を云っていたとしても関係なく評価をする。当たり前のことだがそれができない管理職は多い。

店長は人当たりがソフトなので従業員に人気があるが、彼は自分との相性でスタッフを評価するところがある。人に教えるのもあまりうまくない上、厳しく注意することもなく、その弊害が厨房の仕事に及ぶことがある。そうなると柊哉が注意することになって、細かいことにいちいち煩《うるさ》くいわない店長は話のわかる上司で、すぐに文句を云うシェフの評価は下がる一方だった。

実際、厨房のスタッフたちが、店長がシェフならよかったのにと話しているのを柊哉が耳にしたのは、一度や二度ではない。

おまえらは小学生かと心から呆れたが、もちろんやり方を変えるつもりなどない。自分のやり方が間違っていると思ったこともない。

それでもベータにとっては、オメガは従う側の立場で、えらそうに自分らに命令するなどとこかで思っているのだろう。経営陣が柊哉をシェフに決めたのだから、彼らは仕方なくそれに従っているだけなのだ。

柊哉にしても自分が大きなミスをすれば、このときとばかりに批判されることは覚悟していたので、職場では常に気を張っていた。

柊哉がランチに使うカポナータの味をチェックしていると、店長が槇嶋を連れて厨房に入ってきた。

それに気づいたスタッフたちがざわめく。何といっても、槇嶋のギャルソン姿は、見惚れるほどカッコよかったのだ。

「これは…、カッコいいわ…」

「雑誌のモデルみたいだな」

「コスプレか？」

そんなふうに感嘆されても、槇嶋は照れるわけでも謙遜《けんそん》するわけでもなく、淡々としている。

彼にとってはいつものことなのだろう。

「とりあえず、厨房を見学しててもらえる？」

店長の指示に頷くと、とりあえず柊哉の調理台のすぐそばに立った。

「よろしくお願いします」

にっこり微笑まれると、柊哉は緊張して顔が強張ってしまう。

「…ああ」

素っ気なく返したが、心臓がばくばくしている。

「それでは、オープンします」

店長は声をかけると、ホールに出て行った。

柊哉は槇嶋の視線から逃れるように、鍋を取り出してソースを作り始める。意識すると緊張してきてしまうので、できるだけ仕事に集中しようとした。

「今日のまかない担当は俺なんだけど、苦手なモンとかある？」

上原が気さくに槇嶋に話しかける。

「特には…。甘いものじゃなきゃ…」

「甘いのダメ？」

「ちょっと苦手です」

「オッケー、覚えとくわ」

そんな会話に、つい耳を傾けてしまっている。

間もなく、最初のオーダーが通されて柊哉はスタッフに仕事を振った。

すぐにまた次のオーダーがくる。

同じテーブルではオーダーが違っていても同じタイミングで料理を出すことを徹底しているため、柊哉が出来上がり時間を考えて指示を出す。

仕事の打ち合わせをしながらの客もいるから、料理の出てくるタイミングがずれるとどっちかが待つことになる。それでは出来立てを食べてもらえない。

ディナーだとアラカルトも用意しているので、その場合はシェアを希望する客は多い。その場合は逆に全部を同時に出さずに少しずらした方がいいこともある。柊哉の頭の中には常にホールのテーブルがあって、どのテーブルが何を注文して何の料理が出て何がまだかを完璧に把握しているのだ。

そろそろ新しい客が減ってきて、オーダーストップの時間も近くなり、厨房も少し落ち着いてきた。手が空いた者から、片付けや夜の仕込みにかかる。

そうこうしているうちに、槇嶋も店長に連れられて客が引いたホールに片付けのために駆り出されていった。

「シェフ、ボロネーズソース作りますか？」

厨房スタッフの紅一点の宮原《みやはら》が聞く。

「ああ、頼む」

彼女は一番向上心があると柊哉は思っている。彼が指示を出す前に自分から率先して仕事を探すのは彼女と上原だけだ。

手の空いたスタッフたちに指示を出していると、サービスのスタッフの一人が入ってくるなり声を上げた。

「シェフ、今川《いまがわ》鮮魚さんです！」

トラックが店の前に着いたと報告を受けて、上原と確認に向かう。

「今日のお勧めはアマダイ！　なかなかのサイズでしょ」

この鮮魚店は、この店のコンセプトをよく把握していて、それに見合ったものを見繕ってくれるのだ。

「アマダイ、いいねえ。これ、いくら？」

「それなんだけど、こっちのイカもまとめて引き取ってくれるなら、ちょっと勉強させてもらうわ」

そう云ってイカを見せると、柊哉に値段を耳打ちした。

「あー、そうきたか…」

「ヴェーネレさんなら、うまく料理してくれるとみた」

仕入れ先とは持ちつ持たれつだ。

「わかったよ。両方もらうよ。あとは…」

荷台を覗き込みながら、頭の中で献立《メニュー》を考える。

「シェフ、ホタテとムール貝、多めに頼んでいいすか……」

「いいよー。最近、海鮮人気あるんだよなあ」

「そう。女性客多いせいかな」

上原と相談しながら、発泡スチロールのケースに詰めていく。

「アマダイかあ、やっぱポワレ？」

「ものがいいから、焼くだけでもいいかも。カポナータ敷いて…」

二人で話しながら店内に戻ると、ホールでギャルソン姿の槇嶋が、店長からレクチャーを受けているところだった。

その立ち姿のカッコよさに、柊哉は抱えていたケースを落としそうになって焦った。

慌てて厨房に駆け込むと、ケースを作業台に置く。そして、不意にあることに気づいた。

「すぐ戻る」

上原に断ると、急いでロッカールームに向かった。

これまでこの店で気にしたことなどなかったのだが、何か危機感のようなものを感じたのだ。

それは、自分がオメガで、槇嶋がアルファだってことだ。

ピルのおかげもあって、ベータばかりの中では発情期になってもふだんどおりに仕事をすることができていたので問題はなかった。これまではそれでよかったが、アルファと近距離で接することになっても大丈夫なのかどうかはわからない。さっきは大丈夫だったが、それでも急に不安になって、過去のいろいろなことが頭を過《よぎ》ってしまった。

彼はこれまでに数回アルファとそういう関係になったことがある。

あまり思い出したくないのだが、発情期にピルを服用していないときにアルファと遭遇してしまうと、とんでもないことになることを思い知らされたのだった。

あれはまだ高二のとき。うっかりピルを切らしてしまい、昼休みになるのを待って柊哉は保健室に駆け込んだ。

養護教諭は留守で、授業をサボったらしい三年の男子生徒がベッドを占領していた。

柊哉に気づくと、その生徒は身体を起こした。

「なに?」

顔を見て、まずいと思った。その顔に見覚えがあったのだ。

柊哉が通っていた公立校には数人しかいないアルファの中の一人だった。いつもアルファ同士でつるんでいて、女子生徒が取り囲んでいる。半端なくモテるグループの一人だ。

反射的に後退《あとずさ》る。

「先生だったら、なんか教頭に呼ばれたとかで出てったよ」

「あ、そうですか」

ここは何事もなかったかのように部屋を出るのが正解のはずだ。

「お、お邪魔しま……」

そのとき、三年のアルファの眉がすっと寄った。

がばっとベッドから起き上がると、すんっと鼻を鳴らした。

「あんた、オメガだな」

「え……」

柊哉が何か云う前に、アルファの三年は柊哉の腕を掴んで引き寄せた。

「しかも、発情中」

そう云ったときの目は、獲物を見つけた肉食獣のようだった。

十代男子の、発情したオメガと、そのフェロモンでヒート状態に入ったアルファだ。

柊哉は抵抗する理性もないままに、ヤられてしまった。

そのときの自分は自分じゃなかった。ただのビッチなオメガだった。

初めてなのに、欲しがって喘《あえ》いでいた。気持ちよかったのが、よけいにトラウマになった。

それなのに、いろんなことがうまくいかなくて自暴自棄になっていたときに、出会い系のサイトで知り合ったアルファとヤったことが何度かあった。

発情してるときだと、相手が誰でも関係なく気持ちよくなれる。が、その後ひどい自己嫌悪に陥って、結局は一夜限りの関係で終わるだけだ。

それに虚しさを覚えて、もう一人で生きていくしかないのだと諦めにも似た気持ちになってしまった。

それからは、アルファと会うような機会もなく、枯れた生活を送っている。が、特にそれに不満を持っているわけではない。

薬をきちんと飲んでいれば、発情期になっても特に困らないし、スタッフはベータばかりなので、何の問題もない。が、槙嶋はどうだろうか？

人によって、ピルを飲んでいてもフェロモンが完全に抑えられないこともあると聞く。まずいのは自分でそれがわからないことだ。

ベータなら、微量のフェロモンでは影響されるようなことはない。しかしアルファなら？

柊哉はロッカーを開けると、万が一のときのために置いておいた点鼻薬の抑制剤と、フェロモンを中和させるフレグランスを探す。

「あった…」

ほっとして取り出すと、首のあたりにつけた。

これで、もし何かあって匂いが漏れたとしても大丈夫なはずだ。

まだ発情期の一週間前なので、そこまでする必要はないのだが、念には念を入れなくては。

厨房に戻ると、上原がまかないを作っているところだった。

「アマダイは？」

「冷蔵庫入れました」

「んじゃ、まかない食べたあと捌《さば》くか」

柊哉は話しながら、鶏肉の下処理を始める。

「イカ、使っていいすよね？」

「いっぱい使って。大量に押し付けられちゃったし」

上原は早速イカを捌きながら、アマダイの調理のことが気になっているらしい。

「アマダイ、どうします？」

「んー、シンプルに焼くだけでもいいな。あ、小林《こばやし》、カポナータ作っといて。アマダイに敷いて出すから、水分少な目で」

少し離れたところでジャガイモの皮を剥《む》いていた小林に声をかける。

「オッケーっす」

「あとはやっぱりポワレだな」

「鱗《うろこ》をぱりぱりに揚げるのは？」

「うん、それもいいかも」

柊哉は頭の中でメニューをまとめていく。

「そのイカどうすんの？」

どんどん捌いていく上原に、聞いた。

「多めのオリーブオイルで焼くだけ。温野菜と塩だけで合えて、レモンとかビネガーとか、好きなものかけて…」

会話しながらも、二人の手は止まらない。

「美味《うま》そう」

「ディナーのイカ、カルパッチョとかどうです？　前にもやったでしょ。玉ねぎ多めのやつ」

「カルパッチョね。みんな好きだしね。焼いてカラブリア風もいいかな。トマトソースで野菜と合えて」

カラブリア風は唐辛子風味だ。

「あー、美味そう」

そこに、タブレットを手にした店長が現れた。

「シェフ、予約の確認しておきたいんだけど、ちょっといい？」

「どうぞ」

作業の手は止めない。

店長はタブレットを調理台に置くと、予定表を画面に出した。

「六時予約の渡辺《わたなべ》様、四人で、そのうちの一人が生ものダメ。八時予約の後藤《ごとう》様、三人で、うち一人が甲殻類アレルギー」

「アレルギーって、どのレベル？」

「軽症なので、調理段階でのコンタミ程度なら問題ないそう」

この場合のコンタミとは、原材料として使用してないのに意図せずに混入してしまうことを意味する。

「そのくらいなら……」

重度の食材アレルギーの扱いは難しい。ほんの微量でも反応してしまう人もいて、場合によっては生命を脅かすことにもなる。だからといって、すべての器具をアレルギー用に分けることは困難で、この店の規模ではさすがにそこまで徹底した対応はできない。

「あと……、あ、ラインきた」

打ち合わせ中にも、予約のメールが入ってくる。

「佐々木《ささき》さんからだ。…ちょっと久しぶりだな。今朝、〆切り明けたんだって」

「一人で？　じゃあ、厚めの肉がっつりかな」

「たぶんね。…今日は予約で埋まりそう」

店長は上機嫌だ。当日予約が受けられて、それでほぼ席が埋まるくらいが彼らの店としては理想的なのだ。

「今日のお薦めはなに？」

「アマダイとイカかな。イカはカルパッチョと、野菜と合わせてカラブリア風に…」

「なんか夏っぽくていいね。アマダイは？」

「ポワレと、ソテーと。あと鱗ごとパリパリに揚げる感じ？」

「美味しそう」

「コースでも使っていくし、アラカルトでもお薦めして」

「うん。皆にも云っとかないと」

打ち合わせがほぼ終わったところで、上原のまかないが完成した。

「あ、いい匂い。それじゃあ、みんなで食べようか」

ホールに鍋ごと運んで、スタッフ全員でテーブルを囲む。

槙嶋の両隣もその隣も女性たちが取り囲んでいて、槙嶋本人も慣れた様子で対応している。

「はい、回してー」

上原はどんどんパスタを皿に盛っていく。テーブルの中央にはイカと温野菜のサラダがたっぷりのった大皿が置かれていて、槙嶋の隣をゲットした女子がいそいそと彼の分を取り皿にとって渡している。

柊哉は空いている席が槙嶋の斜向《はすむ》かいで、やっぱりモテ具合が半端ないなと内心大きな溜め息をついた。

「それじゃあ、いただきましょう」

店長の音頭に、スタッフたちは口々にいただきますを云って食べ始めた。

特製のトマトソースとたっぷりのモッツァレラチーズをマカロニにからめただけという、きわめてシンプルなパスタだが、それがいい。

「あ、美味しい」

槙嶋は上原に親指を立てて見せた。

「いつもは和食が多かったりするんだけど、今日は槙嶋の初日だからな」

「俺、和食も好きですよ。けど、これほんと美味しい。店でも出せばいいのに」

その槇嶋の言葉に、一瞬全員が沈黙した。

「え？　俺、なんかまずいこと云いました？」

スタッフたちがちらちらと柊哉の様子を窺っている。

しかし、柊哉はそれを無視する。同じことを何度も説明するつもりはなかった。

「いやまあ、スーシェフのパスタが食べられるのは我々の特権ってことで」

店長が苦笑しながらフォローする。

「えーと、それより、ディナーのメニューのことでシェフから…」

柊哉に話を振る。

「今日のお薦めはアマダイとイカ。各自で積極的に薦めてください」

それを受けて、店長がさっき柊哉から聞いたメニューを簡単に説明する。当然のことながら、どれも緒方シェフのレシピが既にある。

「…カルパッチョはバルサミコ？」

「いや、白のワインビネガー」

サービスのスタッフは、食べながらメモをとる。

柊哉はパスタを食べながらタブレットでレシピをチェックした。レシピは全部柊哉の頭の中には入っているが、それでも確認は怠らない。

「槇嶋くん、食べ終わったらサーブの練習しようか」

「はい。よろしくお願いします」

「私も手伝いまーす」

女子が媚びるように店長を見る。

「え、ずるい。私も手伝うー」

「いや、きみら今日はもうあがりでしょ？」

「私、四時まで大丈夫ですから」

「大丈夫って、勝手に延長しないで」

「えー、ひどい。バイト料いらないですからあ」

「ほんと？　それなら手伝って」

「もう、店長ってばあ」

サービスのスタッフは半分がアルバイトだ。劇団員だったり、本業だけでは食べていけないモデルとかタレントが多く、容姿もまあまあ華やかで、本業で培った演技力が接客にも生かされている。

スタッフは、食事を終えると休憩に入る。

それでも柊哉が休憩をとることはあまりない。

スタッフが戻ってくるまで、しんとした厨房で夜のメニューをパソコンに入力する。あとでそれを吉田に黒板に書いてもらう。

以前はその手間を省くためにメニューをプリントアウトして配っていたが、客の反応は黒板の方が圧倒的にいいのだ。

メニューをコピーして、店長と共有している日誌に貼り付ける。

日誌は既に店長がいくつか書き込みをしていて、そこには槙嶋の研修一日目であることも書かれていた。

あんなふうに注目されても、それをすんなりと受け入れて場を壊さないように対応する、そのいかにも慣れた対処に、あれがアルファなんだなと柊哉はため息をついた。

しかも、槙嶋にいたってはその圧倒的なオーラを包み隠すように、物腰は柔らかく口調も優しい。それは意図的にそうしているのだろうが、それすらも感じさせない。

柊哉が知っている数少ないアルファは、アルファであることを誇示してどこか鼻につく奴ばかりだった。

そりゃ、好きになっちゃうよね。

ふと、そんなふうに思って、柊哉は慌てて打ち消した。

べつに好きになってはいない。ただ、…まあ、タイプだよな…。

苦笑して、データのバックアップをとると、保存して一旦パソコンを閉じた。

食糧庫をチェックして、補充するものをスマホに入力していく。在庫を数えながら片手で入力できるから、タブレットより扱いやすい。

業者に出す注文票はあとで誰かが必ず確認することになっているが、それでも誤入力をなくすために桁がふだんと違う入力は警告が入るシステムにしている。

そうこうしているうちに、休憩を終えたスタッフたちが戻ってきた。

彼らは無駄話をすることもなく、てきぱきと働き始めた。それはこれまで柊哉がさんざん煩く注意してきた成果だと彼自身は思っている。そしてそのことで彼らが自分を煙たがっていることも知っていたが、表立って文句を云う者はいないので気にしていない。

実はこれまで片手では足りない数のスタッフが辞めていったが、その誰もが一人前の仕事もできずに不満ばかり云うような人間ばかりだった。

残ったスタッフも辞めていくスタッフに同情的ではあったものの、怠ける者がいなくなって逆に働きやすくなっていることを薄々は感じているはずだ。

柊哉の指導は厳しくはあったが、その要求に従ってスキルが上がっていくことで、仕事に対する意欲は間違いなく増している。

そんなわけで、厨房の雰囲気はそれほど悪くはない。

ただ、だからといって柊哉とスタッフの関係がよくなったというわけではない。お互い干渉しないことで、微妙な距離感を保っているのだった。

「シェフ、ちょっと来て」

店長が興奮気味に厨房に駆け込んでくる。

「…なんですか。これからアマダイ捌くんですけど…」

「まだ時間大丈夫でしょ？　スーシェフも！」

困惑した顔で仕方なく従うと、ホールにはサービスのスタッフが集合していた。

「二人とも、ここ座って」

テーブル席に座らされる。

そこに槙嶋が入ってきて、流れるような動作で二人の前に水の入ったスープ皿を置く。

「お待たせいたしました。キャロットスープでございます」

にこっと微笑まれて、柊哉はどきっとした。

いや、そんなことより…。

槙嶋のサーブはケチのつけようがなかった。腕の位置、差し出すタイミング、食器の音も立てず水が揺れることもない。

威圧感など一切感じさせない。動きの一つ一つが洗練されている。

何より、立ち姿が美しすぎた。

「…槙嶋、もしかしてサービスのバイトやってた？」

思わず上原が聞く。槙嶋が答えるより先に店長が云った。

「そう思うよね！　これが初めてだって」

「マジか」

上原が唸った。

皿を下げるときも実に滑らかで、長い指が器用に食器を片付ける。

「これなら、夜からホールに出てもらえると思うんだ。もちろん私がフォローするし」

店長は柊哉の意見が聞きたいようだった。

「…いいんじゃないですか。ずっとついてるんでしょ？」

「そのつもり」

「それなら問題ないでしょ」

柊哉はクールに返すと、立ち上がった。

「俺ら、準備あるんで」

素っ気なく返すと、上原も立ち上がり店長に云った。

「あ、写メは断った方がいいよ。店長も、今のうちに対策考えておいた方がいいすよ。大袈裟《おおげさ》じゃなくて」

柊哉もそれには同感だった。

二人が厨房に戻ると、ほどなくして店長が相談に現れた。

「対策って具体的にどうすればいいかな…」

「うーん、そうだなあ…」

上原が考えるより先に、冷蔵庫からアマダイを取り出してきた柊哉が口を開いた。

「予約の窓口を常連さんと新規客とに分けるのがいいですね。今日から客前に出てもらうのなら、今のうちにサイトから一旦連絡先を消しましょう。ラインのアカウントやメアドを新しく作って。店用のケータイ、予備のやつあったでしょ。そっちで新規にアカウントとって、サイトにはそれを掲載しましょう。まあメアドは必ずしも分けなくてもいいんだけど、その方が処理が楽になるし」

粛々《しゅくしゅく》と作業を続けながら、思いつくままに提案する。

「え、そこまで?」

「騒ぎになってからじゃ遅いですから」

上原が横から口を出す。

「店の電話番号、ケータイにしといてよかったですよ。登録してる番号以外、着信拒否できるよね」

「…なんか大袈裟なような」

「杞憂《きゆう》に終わったらそれはそれでいいじゃないですか。予約が集中して常連さんに迷惑かけるようになっちゃってからじゃ遅いですよ」

「まあそれはそうだけど…」

アカウントを増やしたりの仕事は自分がすることになるから、店長は少し不満そうだ。

「四時になったら山下《やました》ちゃん出勤してくるじゃん。彼に頼めば？」

山下は今どきの大学生でウェブの知識は店の中で一番ある。

「そうだ、山下ちゃんがいた。彼にやってもらおう」

店長は上原の提案にのった。

「…けど、彼やばかったすよね」

隣で一緒にアマダイを捌きながら、上原が云った。

「前の店、アルファの客がちょくちょく来てて、たいてい鼻持ちならないタイプだったけど、槙嶋ってそいつらと全然違う。洗練されてるって、彼みたいなのを云うんだろうな」

柊哉はそれに異論はなかったが、それでも何も返さなかった。

上原が予想したように、槇嶋が店に出ると客は騒然となったが、それでも常連が殆どだったこともあって、特に問題もなく初日は終わった。

その後も、彼は数日でメニューをすっかり覚えてしまって、オーダーの受け方もスムーズにこなし、店長を唸らせた。

厨房にオーダーを通すときの要領も申し分なく、とても新人とは思えない。

写メはやんわりと断っていたのだが、それでも槇嶋目当ての客が現れるまでになっていた。

その日、柊哉はいつもより遅くまで店に残っていた。

休日の前の日はいつもそうで、既に店長も帰った後だった。

柊哉は既に発情期に入っていたため、定休日の翌日も念のために休みをとっていた。ピークの三日目、四日目あたりにときどき体調不良になることもあるので用心のためだが、たいていはさほど問題はなく済んでいる。

槇嶋というアルファが職場にいることで、ふだんよりは気を付けてフェロモンを中和するフレグランスをつけてはいたものの、拍子抜けなくらいふだんどおりだった。

自分が休みの日のメニューは、微妙な味の違いが出にくいものに絞っている。それを組み合わせてコースメニューも考える。

上原とも打ち合わせは済ませていて、そのときに店長も交えて試飲した赤ワインの残りをちびちび飲みながら、日誌を書く。

会社に定期報告のメールを送ってそろそろ帰ろうかというときに、裏口の扉が開く音がして、柊哉はどきっとした。

残っているのは自分だけのはずだ。不審者侵入？　誰か鍵をかけ忘れた？

「誰？」

恐る恐る声をかけてみる。

「槙嶋です」

慌てた様子でロッカールームから顔を出したのは、槙嶋だった。

「あ、すみません。ケータイ置き忘れてて」

「…ああ」

柊哉はほっとして、握りしめていたモップを置いた。

「もしかしてそれで応戦しようと？」

モップを見て笑い出す。

「…何もないよりは……」

「だからって…」

「包丁だと逆に奪われたら怖いじゃん。モップだと距離とれるし、それにさっき床掃除したから振り回すと水が飛び散るし…」

真面目な顔で説明する柊哉が、槙嶋にはおかしいようで、笑いが止まらない。

「ちょっと待って。水が飛び散ったら、侵入者が退散するとでも?」

ツボに入ったらしく、腹を抱えて笑っている。

「…そんなに笑うことか?」

「いや、なんか、意外というか…。可愛いなって」

「は?」

むっとした顔で返したつもりだったが、可愛いと云われて内心動揺してしまう。

「あー、スンマセン。シェフに可愛いとか失礼ですよね」

なんか…、顔が熱い。これは、もしかしたらやばいんじゃ…。

心臓がどくどくしてくる。身体中が熱くなってくる。柊哉は彼から離れるために後退ろうとして、モップを踏みつけてしまった。

「わ……」

「あぶな……」

転びかけた柊哉を、槇嶋が慌てて支えた。

槇嶋の大きな手が柊哉の腕をしっかりと掴む。

(あ、やば…)

柊哉は、軽い眩暈《めまい》を感じて思わず片目を瞑った。

「わ、悪い…」

「あんた…」

槇嶋の目の奥が光ったように見えた。

「…オメガだったのか？」

「え……」

そうか、彼は知らなかったのだ。とっくにオーナーか坂下マネージャーあたりから聞いていると思い込んでいた。

ピルの決壊を突破して、フェロモンが漏れてしまった。少量とはいえアルコールのせいもあるのかもしれない。

「しかも、発情してる…」

槇嶋は掴んだ腕を強引に引き寄せると、柊哉の肩口に鼻を擦り付けた。

「ちょ……」

慌てて阻止しようとしたが、槇嶋が許さない。

「すんげ、いい匂いなんだけど」

「そんな…。ピル、飲んでるのに…」

「そうなんだ。けど、もう溢れ出ちゃってるよ?」

くんくん嗅がれて、柊哉はなんだかたまらない気持ちになる。

「やべえな」

槇嶋は少し眉を寄せると、唇をべろりと舐めてみせた。

一気に、柊哉の体温が上がる。その瞬間、柊哉から強いフェロモンが溢れ出た。

「おおっと、こりゃすげえ」

他のスタッフに見せる穏やかで品のある槇嶋とはまるで違って、獣が獲物を見つけたときのような飢えた目をしていた。

その目に見据えられると、柊哉は動けなくなってしまった。

まさにロックオン状態。

「や……」

「嫌じゃないよな?」

にやりと笑うと、硬直している柊哉の唇に舌を這わせる。

柊哉の全身がびびっと震えて、強く反応した。

「…俺としたことが、全然気づかなかったな」

そう云ってふっと微笑むと、貪《むさぼ》るように唇を重ねてくる。

槙嶋のキスは、これまで柊哉が経験した誰よりも巧くて、じんじんと頭の芯が痺《しび》れてしまって、まるで抵抗ができなかった。

気づいたときには、槙嶋に誘導されて彼の舌に自分のそれを絡めていた。

ピルもフレグランスも、なんの役にも立ってない。

このままだと確実にやられてしまう、逃げないと…。うんと遠くの方でそんな警戒信号が点っていたが、柊哉の本能の前に理性は弱々しく敗北し、簡単にそのまま流されることを選んでしまった。

「シェフと厨房でヤっちゃうとか、ベタ過ぎるな」

揶揄《からか》うように云うと、柊哉を抱き上げて調理台に載せた。いつの間にかコックコートの前ボタンは全開になっている。

「ちょ、…待って…」

「待つわけないだろ?」

押し倒すと、突起した乳首を舐める。そんな強引なところがよけいに柊哉を煽《あお》る。もう完全にぐだぐだだった。

「あ…っ…ン」

絶妙な舌使いに、柊哉はびくびく震えて背をのけ反らせた。

槇嶋は乳首を愛撫しながら、下半身をまさぐる。既に柊哉の奥は濡れて火照っている。

指を濡らす必要もないくらいに、柊哉のそこは入り口まで滴っている。

「ぐしょぐしょだな…」

揶揄うように云われて、柊哉は恥ずかしくて小さく首を振った。

「ちがっ…」

「違う？　ほんとに？」

槇嶋は意地悪な目で柊哉を見下ろす。そして躊躇なく指を埋めた。

「あ…んんっ…！」

柊哉からさらに強いフェロモンがダダ漏れになって、もろにそれを嗅いだ槇嶋が、ヒート状態に陥る。

槇嶋からも独特のフェロモンが溢れる。

くらりと強い眩暈がして、柊哉はこれまで経験したことのない感覚に入った。

欲しくて、欲しくて、たまらなくなる。

「ま…、き、しま……」

自分でも耳を疑うほどの、濡れた声だった。

ヤって…、挿《い》れて…、そう云ってるも同然の淫靡《いんび》な響きだ。甘えるような、誘うような…。

「はや、く……」

自分に何かが乗り移ったようだった。

「おねだりしてんの?」

揶揄われると、ぞくぞくしてしまう。

そんな柊哉を見下ろすと、片膝を立てさせてそこを押し開いた。

「やべ……」

濡れてひくつく窪みに、槇嶋は自分の猛るものの先端を押し付けた。

待ち構えていたようにその大きなものを飲み込んで、柊哉の内部は緩くきつく、槇嶋のペニスにからみつく。

槇嶋は中を抉《えぐ》るように突いてやる。その抜き挿しを繰り返すタイミングに合わせて、内壁が吸い付く。

「や、あ…ん、い、いいっ…」

奥深くまで捩《ね》じ込まれ、弱いところを何度も突かれて、柊哉はおかしくなりそうなくらい気

持ちよかった。引いていくときに、内壁を擦《こす》られる快感に身悶える。

　頭が真っ白になって、状況はもうよくわかっていなかった。ただただ、槙嶋が与えてくれる快感に翻弄《ほんろう》されてしまっていた。


「…少し収まった？」

　脱がされたコックコートのボタンを適当に留める柊哉に肩を貸すと、槙嶋はロッカールームまで付き添ってくれた。

「…なんで見てんの？」

　よろよろと着替える柊哉を、槙嶋はすぐ傍で見守っているのだ。

「倒れたらやばいでしょ」

「も、平気…」

　柊哉は彼の視線から逃れるように、目を伏せてシャツに袖を通した。

「送りますよ」

「え…？」

「俺、車で来てるから」

「車？」

「すぐ近くのパーキングに止めてんの。すぐに回してくるよ」

「…まだ終電あるし」

そう云った柊哉を槇嶋はまじまじと見る。

「あんたさ、そんな匂いさせて電車ってあり得ないから。アルファだって電車通勤してる奴いくらでもいるよ？　秒でヤられるから」

「ま、さか……」

「いやいや、今ヤられたばっかじゃん」

呆れたように返されてしまう。

「俺もオメガのことはあんま詳しくないけど、暫くは収まらないでしょ？　さっきほどじゃないにしろ、電車は絶対やばい。ベータにだって敏感な奴いるし」

これまでピルを飲んでいながらこういう状態に陥ったことがなく、柊哉は自分がどの程度の匂いを発しているのか判断がつかなかった。

そのとき、ロッカーに抑制剤のスプレーを入れていたのを思い出した。

「よ、抑制剤あるし」

スプレーを取り出して槇嶋に見せた。

「…けど、ピルも効いてなかったんじゃないの？」

「……」

柊哉の表情が固まる。それを見て、槇嶋は苦笑した。

「まあ、俺にはどうでもいいんだけど」

冷たく云うと、ロッカールームを出ていこうとする。

「ま、待って…」

見捨てられたようで、柊哉は思わず引き留めてしまった。

「…なんですか？」

そのどことなく突き放す云い方に、柊哉は少し怖気づいた。それでも、視線は合わさずにぼそぼそと返す。

「…あの、送ってもらえたら…助かる」

上目遣いで槇嶋の反応を窺う。

槇嶋はふっと微笑した。それは、スタッフたちの前で見せる優しげな笑みとは違う。揶揄うような、悪巧みを含んだような、どこか掴みどころのない微笑で、柊哉の中心をまた強く揺さぶるのだ。

「裏口出たとこで待っててください」

槇嶋はそう云うと、足早に店を出た。

確か、アパートまで送ってもらうはずだった。しかし、ここは槇嶋のマンションだ。

「あ、あの…、やっぱり帰るよ…」

「今更なに云ってんですか」

槇嶋は苦笑すると、地下の駐車場に車を停め、エレベーターに柊哉を押し込んだ。

「け、けど……」

云いかけた唇を塞ぐ。

「こんな匂いさせてんのに？」

くんくんと耳の下を嗅ぐ。そんなふうにされると、また匂いが濃くなってしまう。

「美味そう」

目を細めて、柊哉を見下ろす。

エレベーターは目的の階に着いて、柊哉はふらふらと付いて行く。

「ここはちょっと狭いんですけど…」

云いながら開錠すると、柊哉を招き入れた。

そこは柊哉の部屋よりは広いものの、意外にもワンルームだった。

セキュリティはしっかりしていて内装も凝っていたが、部屋はわりとこじんまりしている。

「自宅が店から離れてるんで、近いとこ借りたんです。まあ、寝に帰るだけだから…」

大きめのベッドがあるだけで、部屋はがらんとしている。

「何か飲みます？」

冷蔵庫からペットボトルをいくつか取り出すと、テーブルに置いた。

水、炭酸水、麦茶…。そして缶ビール。

槇嶋は自分の分の缶ビールを出すと、プルトップを引いて一気に飲み干す。

「神野さん、ふだんと雰囲気変わるよね。発情期のせい？」

戸惑う柊哉に近づくと、立ったままキスをする。

唇を貪り、舌をもつれさせて、柊哉の情欲を再び煽り始める。

「あ……」

柊哉も、からまってくる槇嶋の舌に自分の舌をからめてしまう。

「エロいし、可愛い…」

目を細めると、腕を掴んでベッドに押し倒した。

「ほら、すぐに火がついちゃう」

フェロモンが濃くなったのだ。欲望を隠せない。

耳の下を執拗に舐められると、もわもわとフェロモンが溢れ出てしまう。

「…たまんねえ」

槇嶋は舌なめずりして、乱暴に柊哉のシャツを脱がせた。

「や……」

弱々しく抵抗してはいるが、嫌なはずがない。

「…この部屋狭いけど、壁はしっかりしてるから声出しても大丈夫だよ」

槇嶋はそう云うと、突起した乳首を舌先で転がして、もう一方の乳首を指の腹でなぞる。

じわじわした愛撫に、柊哉はじれったそうに身体を捩《よじ》った。

「ここ、気持ちよくない？」

既に火がついてしまって身体中が熱いのに…。乾ききった喉に一滴ずつ水を垂らされても、潤いは得られない。

そんなんじゃなくて…。

そんな柊哉を見下ろすと、槇嶋は意地悪な目で微笑んだ。

「さっきみたいに、すぐにはあげないよ？」

柊哉の細い腰を大きな手でいやらしく撫で上げて、そこにキスをする。

「…肌も綺麗だね。吸い付いてくる」

既に溢れた愛液が下着を濡らしかけているのに、槇嶋はそれには触れずに、柊哉の腋《わき》を舐め上げた。

「…あ……」

たまらず、自分で慰めようとした柊哉の手首を掴むと、シーツに縫い付けた。

「勝手なことしない」

指に自分の指をからめて、ぎゅっと握りしめる。

「ほんと、オメガって欲しがりなんだから」

蔑《さげす》むような目で見下ろすと、再び柊哉の乳首を舌で転がす。

時折軽く歯を立てたり、唇で吸われたりするうちに、乳首の先が膨らんできた。

「あ、あ…ん」

両手の自由を奪われて抵抗ができないままに、乳首をいいように弄《もてあそ》ばれる。そしてその状況に、柊哉は妙な興奮を覚えていた。

アルファに好きに扱われることは屈辱なはずなのに、それ以上にこのオスのものになりたいと思ってしまっていることに、柊哉は戸惑った。こんな感情は初めてだ。

抵抗しろとどこかで思うが、身体はそれを望んでいない。

それどころか、彼を欲しがって身体の奥が疼《うず》いている。

「も……もっと…」

「もっと？」

柊哉には小さく首を振るのが精一杯だ。

そんな柊哉を、槇嶋は見下すように見て、微笑んだ。

「オレのが欲しいんだろ？」

「……」

「さっきみたいに、ぶち込んでほしい？」

柊哉はごくりと唾を呑み込んだ。

「…貪欲だな」

そう云って笑うと、手早くベルトを外した。

「上手におしゃぶりできたらな」

ファスナーを下ろすと、柊哉の顎を掴んで自分のペニスを咥《くわ》えさせた。

「う…ぐっ……」

無理矢理咥えさせられて、既に怒張したもので柊哉の口はいっぱいになる。

苦しいはずなのに、槇嶋から放たれた彼のフェロモンを吸い込むだけで、じんわりと濡れてしまう。

フェラは初めてだった。そもそもセックス自体数えるほどしか経験がないのだから、うまくできるはずもない。それでも唇でペニスを締め付けて、ゆっくりと喉元まで迎え入れてみる。それを繰り返すと、槇嶋のペニスは更に大きくなった。

「…まあまあかな」

それでも快感をやりすごすように片目を瞑ると、柊哉の髪に指を埋めて、更に深く咥え込ませた。

「苦しかったらごめんね」

笑いながら云うと、自分のものを咥えさせたまま、激しく腰を突き入れる。

「ぐっ……」

柊哉は噎《む》せそうになったが、槇嶋はそんな彼を見下ろしながらペニスを出し入れする。

柊哉の苦しそうな顔が、彼のサディスティックな支配欲を刺激する。

「…ぞくぞくするな」

唇をべろりと舐めると、身体を引いて自分のものを取り出し、柊哉の顔に射精した。

「……！」

思わず顔をそむける柊哉の頬に、自分が放ったものを塗り付けた。

「マーキングな」

笑いながら云うと、乱暴に引き寄せて耳たぶを齧《かじ》った。

柊哉は抵抗できずに、されるがままだ。

「あれ、顔射されて、イっちゃった？」

柊哉はパンツの染みに目を落とすと、揶揄うように云って下着ごとパンツを脱がせる。

「さすがオメガちゃん、淫乱だなあ」

奥に指を入れて、中を弄《いじ》ってやる。

「あ……」

「こっちはまだ欲しがってるね」

槙嶋の節ばった指が、気持ちいい。

「そうか。射精しても、こっちでイけないと苦しいままなんだ？」

槙嶋はベッドの上で柊哉をうつ伏せにして、膝を立てさせた。

「お尻、突き出して？」

「や……」

恥ずかしくて、柊哉は小さく首を振る。

「こんな恥ずかしいカッコしておいて、何を今更恥ずかしがってんの？」

意地悪げに云うと、双丘《そうきゅう》に指を入れる。

「…こんなにぐしょぐしょにしといて…」

揶揄うように指で中を弄ってやる。

「ほら、前もまた硬くなってきてる」

柊哉のペニスを長い指で扱《しご》くと、埋めていた指を抜いて自分のものを擦り付けた。

「欲しい？」

焦らす槇嶋に、柊哉は必死に頷く。

「誘ってみて？」

柊哉は慌てて振り返って槇嶋を見た。どうすればいいのかわからないからだ。

「ああ、その角度いいね」

柊哉の髪を掴むと、貪るように口づけた。

槇嶋は、戸惑って泣きそうにも見える柊哉の顔が気に入ったようだ。もっと、泣かせたくなるのだ。

「お尻、自分で広げてみてよ…。俺によく見えるように…」

柊哉はふるふると頭を振った。

「む、無理……」

「入れて欲しいんだろ？」

槇嶋は自分のペニスを柊哉の尻に擦り付けて挑発する。

「ひくひくしてるとこ、広げて見せて？　それで、おっきいの入れてくださいって」

ニヤニヤしながら、柊哉を追い込む。

柊哉はあろうことか、その挑発で更に濡れてきてしまう。

唇を噛んできつく目を閉じると、云われたようにそこを晒《さら》して見せた。広げられた孔《あな》から愛液が垂れた。

「やらしいな…」

「は、早く…。入れて…」

「指でいい？」

「ち、ちがっ…！　も、っと、おっきいので…。おっきい、お○○ちん…。入れて…」

欲しくて、たまらなくて、とうとう云ってしまう。

「…やらしくて、可愛いね」

槇嶋は満足そうに微笑むと、広げられたそこを勃起したペニスで刺し貫いた。

「あ、ああっ…ン…っ！」

柊哉は声を上げて、待ち焦がれたものを強く締め付ける。中で、槇嶋のものが更に膨れ上がって擦り上げられる快感がもうたまらなかった。

強く揺さぶられて、少し乱暴に欲望をぶつけられることに、柊哉は妙な快感を覚えてしまう。

「も、もっと……」

もっと、激しく？　もっと、虐《いじ》めて？

自分でもわからない。が、槇嶋はそれを汲み取って更に嬲《なぶ》るように柊哉を抱いた。

何度もいかされて、柊哉はそれでもまだ欲しがった。

そして、槇嶋は柊哉が欲しがるだけ与えてやった。

結局、柊哉は槇嶋の部屋に泊まってしまった。

やられすぎて下半身に力が入らない柊哉は、ベッドから起き上がれなかった。

「さすが発情期のオメガだな。あんな搾り取られたの、初めてだよ」

槇嶋は揶揄うように云うと、自分だけシャワーを浴びに行った。

柊哉はまだ頭がぼんやりしていて、それでも自分のデイパックが床に置かれているのを見つけて、這うようにしてそれを引き寄せた。

スマホで時間を確認すると、ピルを探し当てて飲んだ。

なぜ効いてないのかわからないけど、それでもとりあえず飲んでおかないと。

さっきから顔がかぴかぴしていて突っ張るのが気になっていた。が、ふとその原因に思い当たって、死ぬほど恥ずかしくなった。

飲みかけの水でティッシュを濡らしてごしごしと顔を拭くが、なかなかとれない。

「…なにしてんの？」

急に声をかけられて、柊哉は飛び上がった。

槙嶋は濡れた髪を雑に拭くと、タオルを肩にかけた。

「お、おまえが……」

柊哉は真っ赤になって槙嶋を睨み付けた。

「ああ、ガンシャしたやつか」

思い出してクスクス笑う。

「立てそうなら、シャワー使う？　お湯溜めようか？　あんま広くないけど…」

「た、立てる…」

そうっと立ち上がった。

「手、貸そうか？」

柊哉は、恥ずかしくてそれを無視した。

シャワーを浴び終えて部屋に戻ると、槙嶋が朝食を作っておいてくれた。

「食べるよね？」

生乾きの髪に楽な部屋着の槙嶋は超レアで、柊哉は少しどぎまぎしつつも、黙って頷くとテーブルについた。

「昨日、スーパー寄って帰るつもりだったから、卵くらいしかなくて」

サンドイッチの皿に、柊哉は少し驚いた。

「自炊すんの？」

「いや、朝だけ。ちなみにオムレツの焼き方は緒方シェフに教えてもらいました」

「…贅沢だなあ」

「筋がいいって誉めてもらったよ」

それはわかる。彼は手先が器用なのだ。…いろいろな意味で。

「パスタの茹で方も」

「それは誰かに教わるものか？」

柊哉の疑問に、槇嶋はおもしろそうに微笑《わら》う。

「本店の出してるトマトソースをベースにすれば、パスタソースもクオリティの高いものができる。それだけでおうちで高級店のパスタが…」

「胡散《うさん》くせえ…」

ぼそっと返すと、厚焼き玉子を挟んだサンドイッチを食べる。パンはトーストされていて、意外に仕事が丁寧だ。

「美味しい…」

適度にふわふわしていて、味も柊哉の好みだった。

「よかった。甘い方がいいって人もいるけど…」

「…卵焼き的なものを甘くする感性は受け入れ難い」

柊哉が真顔で返すのを聞いて、槙嶋の顔がぱっと晴れた。

「え、神野さんも？　俺も甘い卵焼きの文化が苦手でさ。うち、両親ともルーツは関西だから、所謂《いわゆる》だし巻き卵がうちじゃ卵焼き。ていうか、それをわざわざだし巻き卵って云うのはどうも侮辱的だな」

「…それは広島で広島焼きと云うと戦争が始まる的な？」

「的な」

妙なところで気が合った。

「甘い卵焼きが、正統派卵焼き面してるのが、どうもね」

「…俺は甘い味付けがあんまり好きじゃないってだけだけど。スイーツはべつとして」

「俺はスイーツも苦手だけど。バルサミコもどうなのって思ってる」

「あー、それはわかる」

「へえ。じゃあ、なんだよって思いながら店でバルサミコ使ってるわけ？」

「…緒方シェフのレシピには逆らわないよ」

それを聞いて、ふと槇嶋があることに気づいた。

「実は祖父から、店のスタッフに手を出したら、今後俺のビジネスに投資しないと云われてるんですけど、シェフはノーカウントですよね？」

冗談っぽく云って、自分もサンドイッチを食べる。

「そもそも、俺にシェフがオメガだって云わなかった祖父にも責任あると思うんだけど。猫にマタタビ、鬼には稀血《まれち》ってやつでしょ？」

最後の意味がよくわからなかったが、とりあえずそんなこと自分に云われても、と柊哉は思った。

「それでも祖父の耳に入ると…」

「誰かに云うはずない」

柊哉は困惑げに返す。

「デスヨネー」

槇嶋はにこっと笑った。

それとなく釘を刺されたようで、柊哉は少し不快だった。

「女子スタッフにもそうやって口止めしてんじゃないの？」

「まさか、そんな面倒くさいこと。リスク背負って手を出すほどの値打ちがあるとも思えないし。断るんだってひと苦労なんだから」

ずいぶんなことをさらっと云って、コーヒーを飲んだ。

なんというか、コーヒーを飲むだけなのに、なんでこんなにカッコいいんだと柊哉は呆れる。

そりゃ、女子たちが黙って見てるわけがない。

上原から、槇嶋のモテっぷりがハンパないという話は聞いていたが、これはどうも噂以上のようだ。

「彼女たちだって、アルファでオーナーの身内ってだけで盛り上がってるだけだから」

冷めたように返す。

「いや、それだけじゃないだろ？」

思わずフォローしようとしたが、柊哉は自分が何を云おうとしてるのかに気づいて、黙り込んでしまった。

「それだけじゃないなら、他に何が？」

槇嶋は挑発するような目で柊哉を見る。

「……」

「つまり、背高くてイケメンで、洗練されてて品があって優しくて…？」

ニヤニヤしながら云う。

「…自分で云うか」

柊哉がフォローしなくても、槇嶋には云われ慣れていることだったのだろう。

「みんな簡単に騙《だま》されるよね」

槇嶋は悪い笑みを浮かべた。

「だからって、あんなにグイグイこられても萎《な》えるよ。モデルやタレント志望ってあんな感じなのか知らないけど、あの程度のルックスで自信満々になられてもなあ」

「……」

「もしかしたら俺のコネで仕事回してもらえると思ってんのかもね。けど俺がそういうコネを持ってるなら、逆に第一線でいろんなメディアに出てるモデルを見慣れてるってなんで想像しないんだろうねえ？」

辛辣《しんらつ》すぎる言葉に、柊哉は目を丸くした。

「…ぶっちゃけ過ぎじゃね？」

思わず云ってしまう。そんな柊哉に槇嶋はニヤッと笑ってみせた。

「毎日愛想笑いしてたらさすがに疲れちゃって」

「…あれは演技か？」

「ていうか、キャラ付けかな。敵を作らずに、角を立てずにうまくやっていくキャラ。見事にハマってるだろ？」

「あんた、とんでもないな」

「お誉めの言葉と受け取っておきますよ」

ということは、今のが地だってことなのだろうか。そのとき、ふと自分には地を見せてくれてるのではないかと思って、その自惚《うぬぼ》れに恥ずかしくなった。

違う。ただ、愛想笑いをする価値もないと思われているだけだ。

「そんなわけで、店で女子に迫られたら助けてください」

「はあ？　なんで俺が…」

「シェフが注意してくれたら聞くじゃないですか」

「そうやって人を悪者にして…」

「いいじゃないですか、どうせ嫌われてんですから」

さらっと云われて、さすがに柊哉も傷ついた。

「…そういうことは思ってても普通は云わないよな」

「そう？　けど嫌われてると面倒がなくていいでしょ。相手も距離を置いてくれるし、こっちも愛想よくすることもないし」

「じゃあ、あんたもそうすれば？」

「うーん、まあそれが許されるとこではそうしてるけど。実際、楽だよね」

それはたぶん嫌われてるわけではなく、近寄りがたくて遠巻きにされているだけなのだと柊哉は思う。

「いずれ会社ごと俺のものになるから、スタッフとはうまくやってかないとね。従業員が経営者に不満があると、そういう空気はゲストにも伝わる。それを考えたら、自分の気分のために嫌われるわけにもいかなくてね」

「……」

「もっとも、俺にはなんであんたが嫌われてるのかわからないけどね」

さらっと云われて、柊哉の顔が赤くなった。

「ほら、鵜呑みにしてすぐ信じちゃうし。可愛いよね」

「…そうやってバカにしてたらいいよ」

「けど、可愛いのはホントだよ。感情がすぐに顔に出るし」

「……」

「とはいえ厨房ではクールだね。もっと愛想よくして、適当に彼女たちを持ち上げておけば、人生気楽なのに」

そんなふうに云ってしまえるのは、まさにアルファだからだ。

愛想よくしていれば媚びていると云われて、クールにしていればオメガのくせに生意気だと云われる。そんな理不尽な目に、彼はきっと遭ったことがないのだろう。

「…そんなん、俺の勝手だろ」

世間知らずのお気楽なアルファが。最初から何でも望みのものが手に入るような生活しか知らないで、わかったふうなことを云ってんじゃねえよ。

「まあ確かに」

槙嶋は冷たく微笑した。

「あんたのことは俺にはどうでもいいことだしね」

「……」

そのときに柊哉が感じたチクリとした痛みは小さなものだったが、それはいつまでも消えなかった。


連休明けの朝、柊哉はいつもより早く起きた。

昨日はふだんの休みの日と同じように、溜まった洗濯物を洗ったり部屋の掃除をしたりして過ごした。

槇嶋とのことを思い出すと身体が熱くなって息苦しくなるので、できるだけ考えないようにして、楽しみにとっておいたテレビドラマをまとめて見た。

考えたってどうなるものでもないし、幸い自分の部屋で一人でいる分には、あのときみたいに発情が抑えられないようなことにはならなかった。

柊哉の発情期はきっかり十二週周期。発情期間も一週間でほぼズレはない。その計算だと明日で終わる。

出勤前にかかりつけ医を受診したが特に問題はなく、いつもと同じように次の発情期までのピルと念のためのアフターピルを処方された。

アフターピルは服用するしないにかかわらず、毎回貰っておくのがデフォルトだ。オメガにはそうした危険が常にあるからだ。

槇嶋はちゃんとゴムを使ってたし、そもそも柊哉はピルを服用していたわけだが、それでも万が一を考えてアフターピルも飲んでおいた。

柊哉には衝撃が強すぎて、最中の記憶があやふやな部分がけっこうあったので、そのときに万一のことがなかったかどうか把握できていなかったからだ。

簡易キットでの血液検査でも、フェロモンの反応はほぼないということで、柊哉は安心して出勤した。

槇嶋のような圧倒的なアルファと接触しなければ問題はなさそうだ。幸いにも彼はこの数日は出勤の予定はなかったので、柊哉にとっては安心だ。

店長の話では、槇嶋は研修前にいた友達の会社での業務がまだ続いているらしい。そのせいで、槇嶋が暫く出勤しないことを知った女子スタッフが、店長を問い詰めていた。

「それで次の槇嶋くんのシフトっていつなんですか？」

女性スタッフの大久保《おおくぼ》が、店長から情報を引き出そうと躍起になっている。

「さあ、僕も詳しいことは聞いてなくて」

「そんなはずないでしょ。店長が把握してないなんて……」

「いやいや、ほんとだから。彼は余剰人員だからカウントされてないの。都合のいいときに来てもらうことになってるから」

「でもだいたいのことは聞いてるでしょ？　わかってる範囲で教えてくれても……」

「それで、きみらのシフト変えられたらこっちも困るし……」

「ほら、やっぱりわかってるじゃないですかあ」

執拗にからむ。さすがに上原が口を挟んだ。

「おーい、店長困らせんなよー」

「だってー、エミもカオリも狙ってるのにー。こっちは初日に出遅れちゃってるから、せめて次のシフトくらい一緒にしてもらっても…」

厨房スタッフもさすがに呆れてしまっている。

「だからさ、槇嶋はオーナーからスタッフには手を出すなって云われてんだろ？」

「そんなの断る口実でしょ？」

仮に口実だとして、それを使われてる時点で望みはないということではないかと思ったのは、何も上原や柊哉だけではない。

「店長お願いっ、シフト一緒にしてくれたらその日はバイト料いらないし」

大久保は手を合わせて店長を拝み始めた。

「まいったなあ…」

店長は女子スタッフのお願いに弱い。それに経費節約にも熱心だ。それが自分の評価に繋がると固く信じている。そして女子スタッフたちにも、強引に押せば店長が折れるだろうことは既に織り込み済みなのだ。

「今回だけだよ？」

「わ、店長ありがとう。感謝する！」

「ちょっと店長、なに教えようとしてんの」

思わず柊哉が口を挟んだ。槇嶋の件で口を出すのは本意ではなかったが、こういうことが横行すると更に面倒なことになるだろうと思うと、黙っているわけにはいかなかった。

「なによ、シェフは関係ないでしょ」

大久保は日ごろから、オメガというだけで柊哉を軽んじているところがある。そんな彼に邪魔されてはたまらないといったところだろう。

「あのさ、自分の立場で考えてみなよ。あんたのこと気に入ったスタッフがいたとして、あんたのシフトを店長から聞き出そうとしてるなんて話聞いたら、普通にドン引きだろ？」

柊哉の云ったことは何ひとつ間違ってなかったが、大久保は侮辱されたと思ったらしく、眉を吊り上げて柊哉を睨み付けた。

「ひどい。人をストーカーみたいに…」

「いやいや、シェフはそうは云ってないし」

慌てて店長がとりなす。が、大久保は許せないというように首を振った。

「云ってるじゃないですか！」

尚も食い下がる。

「…そう受け取ったのなら、まさにあんたのやってることがそうなんだよ」

呆れたように柊哉は返した。

「ひど…。なによ、バカにして！」

バタバタと厨房を出ていく。店長が困ったようにため息をついた。

「…シェフも他に云い方あるだろう」

自分の優柔不断さを棚に上げて、店長が柊哉に愚痴る。

柊哉はむっとしたが、それでも面倒なので云い返さなかった。

店長にはスタッフを教育する気もそれができる能力もなく、なんとか簡単な方法でことを収めようとする。それはいつものことだ。それで他人に迷惑がかかろうが、まるで気にしていない。そしていつも自分は恨みを買わないポジションをキープしているのだ。

「もう、仕方ないなあ。今日は人手ギリギリなんだよ。ヘソ曲げられたら困るのに」

やれやれといった様子で大久保の後を追う。

「あれ、教えちゃうんじゃない？　あの人、ほんとに根本解決できないのな」

上原が小声で柊哉に耳打ちする。

そうやって店長が安易に槇嶋のシフトを教えることで、店長は大久保から大いに感謝され、柊哉は悪者になるわけだ。

「槇嶋も気の毒になあ」

上原は誰に云うとはなく云った。

「最初はさ、俺もあんだけモテまくってて単純に羨《うらや》ましかったけど、あそこまでガツガツやられたらさすがに引くよな。アルファがアルファ同士でつるむようになるのも、ある意味仕方ないって思うようになった」

「ある意味、危機管理みたいなもんすよね」

吉田が同調する。

「槇嶋のことだから、うちのスタッフを牽制すんのに、ぐうの音も出ないほどのアルファ美女の彼女連れてくるかもね」

上原の言葉に柊哉はどきっとした。

そう、槇嶋にそういう彼女がいても不思議はない。というか、いて当然かもしれない。

「あー、それはそれで見てみたいかも」

「身の程を知って大人しくなるんじゃない？　所詮は住む世界が違うって、思い出させてくれるかもな」

上原の言葉は、彼には一切そのつもりはなかっただろうが、柊哉を抉った。

槇嶋とああいうことになったのは、自分が発情期だったからなだけで。槇嶋はそれに反応しただけのことで。

そう、それはわかってる。大丈夫。

ただ、彼にアルファの恋人とか、もっといえば婚約者とか、そういう決まった相手がいてもおかしくないことに思い至ってなかった。

そりゃ、そういう相手がいるのに自分に手を出すなんて…と思わないわけでもないが、世の中的にはオメガの愛人を囲ってる既婚者アルファなんて珍しくもないし。カップル間での価値観はさまざまだし。

あ、まずい…。

あのときの槙嶋が生々しく思い出されて、身体がかっと熱くなる。

柊哉はロッカールームに駆け込むと、念のため点鼻薬をスプレーした。

まだ発情期間なのだ、気を付けないといけない。

鼻で大きく息を吸って点鼻薬が回るのを待つ。

大丈夫、期待なんかしてない。欠片《かけら》も。

それでも、槙嶋に他に決まった相手がいたらと思うだけでずきんと胸が痛む。

その相手を、あんなふうに情熱的に抱くんだろうか。

「バカ、考えるな」

仕事中だ。

あんなのは、ただの事故だ。

上原も云っていた、身の程を知れと。

あんなことがあって以来、柊哉は努めて素っ気なく振る舞ったが、それが滑稽《こっけい》に思えてしまうくらい、槙嶋はあの日のことを一切感じさせなかった。

女子スタッフが同じ日にシフトを入れようとすることに関しても、槙嶋がやんわりとお願いしてうまく収めた。

休憩時間こそ女子たちと楽しく過ごしていたようだが、仕事に関しては意外なくらい真面目だった。

そもそもが器用らしく、何をやらせてもソツがない。接客も堂々としたもので、隠せないほどのオーラは嫌でも目を引く。

ひと月もしないうちに、槙嶋目当ての客で予約がすぐにいっぱいになるまでになっていた。

「読み通りだね。予約の窓口分けておいてよかったよ」

「窓口分けるって？」

まかないを作る上原を手伝っていた槙嶋は、冷蔵庫からチーズを取り出して彼に渡した。

「常連と新規客で予約を受ける電話番号やメールアドレスを分けたんだよ。おまえ目当ての客が押しかけて、常連の足が遠のくと困るだろ？」

「えー、なんかすみません」

「おまえが謝ることじゃないけど、まあ早めに手を打っておいてよかったよ」

「そういえば、友達が全然予約できないってぼやいてたんですよ。そういうことか」

「おまえの友達なら優先してもいいけど？」

「いえ、むしろ一生来なくていいです。俺が慣れない接客やってるのを揶揄うつもりに決まってるから」

槇嶋は笑って返すと、ワゴンにスタッフの人数分の皿を載せる。彼はせっかくの機会なので、自炊のレパートリーを増やすべく、まかない料理を見学がてら手伝っていたのだった。

「…モッツァレラだけじゃないんですね。だからコクが出るんだ」

「贅沢だろ？」

デザート用のチーズの残りをパスタソースに投入する。食欲をそそる匂いがあたりに立ち込めた。

「とりあえず、常連さんに迷惑かからなくてよかったです。ありがとうございます」

「礼ならシェフな」

「…シェフ？」

「ああ。俺は手を打った方がいいんじゃないかって云っただけ。それを受けてシェフが即座に対策考えたんだよ。あの人、そういうとこすごい機転が利く」

「へえ…」

「予約をオンライン中心にして、電話対応を減らすようにしたのもシェフだし。予約電話って忙しいときに限って集中すんだよね」

「…そういえば、シェフは？　厨房にいないの珍しいですね」

「業者が来てたから、その対応だろう。いろいろ文句云いたかったらしいから、担当の人今頃〆《シメ》られてんじゃないの？」

上原はくくと笑う。

「シェフ、オーガニックとか嫌いでさ。そんなことより味だろって。シェフ曰く、質の高い野菜を作ってる農家の殆どは無農薬じゃなくて減農薬だって。まあ、オーガニック、イコール無農薬じゃないらしいけどね」

「へえ、そうなんだ」

「オーガニックの定義って、なんかすげえ面倒くさいの。そもそもオーガニックだから美味しいってわけじゃないしな」

上原の云うとおり、柊哉はオーガニックを売りにする業者を快く思っていない。そんなもので付加価値を付けて高値で売りつけようとするところが気に入らないのだ。

農学を学ぶことで、農薬の使用はぎりぎりまで減らすことができる。そうやって収穫量を減らさず、また品種改良で味の向上に努める一般的な農家こそが日本の農業を支えている。それは柊哉が自分なりに勉強して得た知識である。

今使っている野菜の納品業者は、いくつかの農家と契約しているのだが、バカの一つ覚えの様にオーガニック推しだ。そして担当者はろくに勉強してなくて、しょっちゅう柊哉を苛つかせるのだ。

「ルッコラにバラつきあるよね。辛みが強いのはダメだよ。カイワレじゃないんだから…」

「…はあ。けどそこの農家さんはオーガニックなので…」

柊哉はじろりと相手を睨む。

「オーガニックだろうがなかろうが、先《ま》ずは味」

「…はあ」

「それとトマトだけど。カップレーゼに使うのにこんなに味が薄いんじゃ話になんない。何のためにおたくに頼んでんだよ」

「それじゃあフルーツトマトにすれば…」

その安易な提案に、柊哉は冷たい目を向ける。

「単価が高すぎる。俺が云ってんのは従来の酸味のある味の濃いトマト。甘けりゃいいってわけじゃない」

こんな新人の営業寄越しやがってと、柊哉は内心溜め息をついた。

契約農家の厳選した野菜しか使わない本店とは違うとはいえ、このところ格段にクオリティが落ちていると感じていた。

「とにかく、このトマトはダメだね。引き取って」

「…わかりました」

会社が契約した業者だからこれまで我慢して使っていたが、これで改善されなければ今後のことを考えないといけない。

しかし、自分で業者を決めて新しく契約するにはそれなりにリスクも伴う。それに加えて新しい業者を探したり、打ち合わせしたりする時間をどうやって捻出するのかという問題もあった。今のルーティンをこなすだけでもいっぱいいっぱいで、しかし休日をその時間にあてるというのはどうにも腑《ふ》に落ちない。

というのも、柊哉は個人事業主として契約していて従業員ではないのだ。ギャラは社員として契約するよりは多いものの、社会保障の類に加入する分は全部自分で負担しないといけないし、有給休暇というものがない。

労働基準法はオメガの発情期の有給休暇を保障しているのだが、そのせいで逆にオメガを正社員として採用する企業が減ってしまった。契約社員だったり、柊哉のように個人事業主契約という抜け道を使わせるのだ。

オメガの権利拡大のためと、どこぞの議員が現実を詳細に調査することなく強引に勝ち取ったうわべのオメガ優遇がオメガの権利を蝕《むしば》む。そんなことは珍しいことじゃない。選択肢が拡がったと法案を改正させた議員やその取り巻きは満足そうだが、抜け道だらけでまるで現実に即していない。

柊哉自身は安定した待遇を希望していたが、実務を担う坂下が他の選択肢を提示してくれなかった。そんな待遇なのに、自分の時間を使ってまで店に貢献することに疑問を感じてしまうのだ。

これまで何度か坂下に正社員への登用を打診したこともあるが、却下された。緒方はそういったことにはノータッチで、坂下を飛び越えて緒方に相談するのは躊躇《ためら》われた。緒方の親戚である坂下との折り合いが悪くなったときに、もしどちらかを選ばなければならなくなったときには、当然自分が切り捨てられるだろうからだ。

そうした不安や不満が、柊哉のやる気を阻害する。

損得ではないという人がいるなら、それは恵まれた人だと柊哉は思う。常に搾取されてきた者にとっては、そこに引っ掛かるのは仕方のないことだ。

損得勘定を無視すると、弱い立場の人間は弱いままだと、柊哉は考えていた。


「ごめんね、遅い時間まで付き合わせて」

その日、従業員たちが帰った後、柊哉は店長に頼まれて居残っていた。

店の一角のテーブルで待っていたのは店長だけではなく、槙嶋も一緒だった。

「いえ…」

昼休みに店長が会社に呼ばれていたので、そのことで何かあるだろうとは思っていたが、槙嶋も同席しているのが少し気がかりだった。

「実は坂下さんから、うちの経費がかかりすぎてるって云われてさ」

「経費?」

「つまり、人件費のこと」

それを聞いて柊哉の表情がたちまち曇った。だいたいどういう流れになるのか想像がついたからだ。

「人件費ね…」

呆れたように返す柊哉を見て、店長はちらりと槙嶋を見た。

「えーと、槙嶋くんから説明してもらおうかな」

柊哉の視線が槙嶋に向く。

「…アルバイトの時給が高すぎるのではないかとの考えのようです」

槙嶋が店長に代わって答える。

「サービスの技術を考えれば、ギャラを出し過ぎているのではないかと」

「はあ？　何をわかったようなことを。坂下さん、うちの店来たことないじゃん」

思わず柊哉が返す。

「本店のレベルを期待するわけではないけど、客前で料理を切り分けたり、取り分けたりする技術もないスタッフだということを考えれば…」

本店と比較されて、柊哉は更に苛ついた。

「デクパージュとか、うちの店に必要か？」

「…単に技術がギャラに見合ってないという話で…」

「本店のレベルをうちに押し付けるなら、本店並みのギャラを出せよ」

「それは売り上げから考えると…」

「今は技術の比較の話じゃないのか？　比較してうちが高いという前に、それだけのレベルを誇る本店スタッフの給料を上げるのが先じゃね？」

柊哉にどんどん詰められて、槙嶋はちょっと困った様子だ。

「本店の社員は不満があるわけではなく…」

「そんなこと知ってるよ。本店はボーナスも破格で、年に一回海外研修までやってる。住宅手当や家族手当も充実してる。あの待遇で不満なんて出ないだろ。それを抜きにして基本給だけで比較すんなよ」

柊哉は腕組みをして槙嶋を睨み付けた。

「うちの売り上げで充分あの給与を出せてるだろ？　ていうか、もっと出せるよな。会社が取り過ぎなんじゃないの？」

日ごろの不満もぶつけて、柊哉は皮肉っぽく笑ってみせる。それを見て槙嶋はやや眉を寄せたものの、できるだけ冷静に返す。

「…バイトの時給のスタートが、他店と比べてもかなり高い上に、半年ごとに上がってる。もう少し下げてもいくらでも人は集まるのではないかと」

「なんで他店と比較すんの？　うちの売り上げを基に考えなよ。そうやって人件費削って会社の取り分を増やして、その結果どうなるか想像してみて？」

「…どうなりますか？」

「少なくとも、今のようなスタッフが集まるかあやしいとこだ。それなりの時給をもらってることで保たれるプライドが、店の雰囲気を作るってことを甘く考えない方がいい」

「……」

「仮に給料下げて残ってくれたとしても、明らかにスタッフのモチベーションは下がる。そんなことも想像できないとは、経営者として無能だろ」

「…それはさすがに云いすぎじゃ…」

「現場見ない奴が数字だけ見てあれこれ考えても、ろくな結果しか出ない」

柊哉はにべもなくそう云った。

「売り上げ落ちて深刻な状態とかでもない限り、会社が口出してくんな」

「いや、会社はお金のことには口出すでしょ」

その槙嶋の言葉に、柊哉は挑発的な視線を向ける。

「…それはそうだな。けど、こっちがそれを全面的に受け入れる筋合いはない」

「全面的に受け入れるどころか、全面的に突っぱねるつもりでしょ？」

苦笑する槙嶋に、柊哉は涼しい顔で笑ってみせた。

それを見ていた店長が、心配そうに口を挟む。

「けどさ、坂下さんにも他に考えがあってのことかもしれないし…」

店長は坂下に逆らいたくないのだ。

「その、他の考えってのは？」

「…それは聞いてないけど」

「あるわけない。あの人経理マンであって、経営者目線とかないもん。店長が云いにくいなら俺から云っても…」

「いやいや、そうやって喧嘩腰なのは……」

「喧嘩なんかするわけない」

柊哉はむっとして返したが、自分に個人事業主契約を持ちかけてきたときから、坂下をよく思っていないのは確かだ。それでも経営者として優秀であるならまた見方も変わったかもしれないが、坂下に経営者としての才はなく、本店の経営が順調すぎるほど順調なのは、たまたま稀有《けう》な天才シェフの親戚だったからに過ぎないと柊哉は思っている。

緒方の下で働きたいという才能あるスタッフはいくらでも集まるし、自由奔放な緒方の下にはそれをまとめる優秀なスーシェフがつくものだ。当然サービスも同様だ。あれほど待遇のいい店なら他店から引き抜き放題だし、その上で人材の育成にも余念がない。それは坂下が考えなくても現場が率先してやってくれる。

何と云っても、緒方の料理にならいくらだって出すという富裕層の顧客ががっつりついているのだから、経費の心配をする必要もない。経営の経験や才能がなくても、経理ができれば事足りるのだ。

実際、坂下に期待されたのはそういう実務全般だったはずなのだ。名前だけの専務だったはずが、いつの間にか経営陣の一人として口を出すようになってきていた。

柊哉は、この店で働くまでに数軒の飲食店を渡り歩いていた経験から、給料とスタッフの質ははっきりと比例していると身をもって感じていた。

経費節減などとケチくさい目先の利益のために、多くのものを捨てることになるかもしれないのだ。

「…それなら俺から話をしてみます。坂下さんは検討してみてくれって云ってるだけで、べつに決定とは云ってませんし」

槇嶋が二人の間に入った。

「そうだね！　それじゃあお願いしちゃおうかな。よろしく頼むね」

店長は責任回避できそうで、嬉しそうだった。

「他にできそうな経費節減策があるかもしれないので、考えてみるね」

それを聞いて、柊哉の眉は露骨に寄った。

店長の考える節減策は、面倒臭くて効果が小さいわりに尽《ことごと》く従業員のやる気を削ぐものばかりだ。またくだらないことを云いだしたら阻止しなければ。そう考えながらロッカールームに引き上げた。

「てっきり、シェフも賛成すると思ってましたよ」

槇嶋は二人きりになると、そう云ってエプロンを外す。

「なんで？」

「バイトの人たちと折り合い悪いじゃないですか」

「…べつに俺は何とも思ってない」

「しょっちゅう文句云ってるように見えたし」

「…文句じゃなく指導な」

「失礼、指導ですね。その指導にもけっこう反抗的だったし。そんな彼女らをシェフが庇うとは思わなかったです」

「べつに庇ってない。ただ認めるべきところは認めるってだけ」

シャツのボタンを留めながら続ける。

「あんたにはどう映ってるのかしらないけど、彼女たちが店の華やかな雰囲気を作ってることは否定できない。ブログやSNSをチェックすると、メイクに気合が入ってるとか、女優っぽい雰囲気の人が多くて楽しいとか、そういう評価多いんだよ」

「そういうのチェックしてんだ?」

「参考程度にね」

柊哉は軽く流して続けた。

「特に頼んでもないのに、彼女たちは制服に合わせて自前のヒールの高いパンプスを履いてるだろ? それは客前に出るときに自分を綺麗に見せるんだというプライドが彼女らにはあるんだよ。楽な靴だってかまわないのに、敢《あ》えてヒールの高い靴を履く。そのことで歩き方とか立ち姿とか、そういうのが変わることを意識してる。そうした気概が、店の雰囲気に結びついてると俺は思ってる。だから、たとえ一流の技術がなくても、彼女たちなりのプロ意識を俺はちゃんと評価すべきだって思ってるわけ」

「なるほど…」

「それにモデルとかタレントとかって、客あしらいも慣れてるじゃん。隙見せないから変な客もつかない。従業員同士のベタベタした恋愛沙汰も少ないし…」

そこまで云って、ふっと槙嶋に目をやる。

「まあ、あんたから見たらあんまり説得力ないか」

苦笑を浮かべた。

「けど、あんたに対してのガツガツした感じ、ほんとに珍しいよ。あんたほどスペックが高いと例外になっちゃうみたいだけど、ふだんはそういう揉め事はほぼないし」

以前彼が勤めていた下町の個人の居酒屋では、店長が店の子に手を出したり、常連客とできている店員がいたりとか、普通にあった。バイト同士でデキてると、シフトが被るようにして、店が暇なときはバックヤードでやってたりとか…。

「…彼女らのこと、けっこう評価してんだ。嫌われてんのに…」

よけいな一言に、柊哉は眉を寄せた。

「嫌われてて悪かったなあ」

そう返すと、ロッカーの扉をばたんと閉じる。

「なんでだろうね？」

「俺に聞くなよ」

「俺が思うに、彼女らがシェフのこと嫌うのは、オメガに対する警戒じゃないかな」

「…オメガでも好かれてる奴はいるだろ？」

「女子枠に入れてもらったら比較的仲良くしてもらえるんじゃ…」

「そうかもね」

投げやりに返す。

一般的にもベータ女子はオメガを生理的に嫌う傾向にあるとは云われている。オメガが自らの強烈なフェロモンで、アルファを容易《たやす》く誘惑できると思われているからだ。

実際は誘惑できたところで、たいていがやり捨てられるだけなのだが、アルファとそういう関係になりたい上昇志向の強いベータにとってはそれだけでも許しがたいことなのだ。

アルファとのセックスだけが目当てならそれはそれでわからなくもないが、オメガと将来を共にする気のあるアルファなど殆どいないのが現実だ。それなのに性衝動に抗えずに、安易にオメガを自分の番《つがい》にしてしまうアルファは少なくない。挙句、やはり安易に捨てるのだ。

そうなったときのオメガは悲惨だ。番相手にしか欲情できなくなるのに、発情したときに慰めてくれる相手がいないのだ。

そんなオメガの苦労など知るはずもないベータ女子にとって、アルファを誘惑するオメガは目障りな存在でしかなく、差別されても仕方ないくらいに思っていそうだ。オメガがアルファにレイプされても、どうせ誘ったんだろうなどと云われることは珍しくもない。

「俺とヤっちゃったことを知られたら、吊し上げられちゃうかもね」

柊哉はまじまじと槙嶋を見た。

「あんた…」

「大丈夫。云わないよ？」

なんのつもりだ、こいつ……。

「黙っててあげるから、このあと付き合わない？」

「はあ？」

「興味あるじゃん。発情期じゃないときってどんな感じなんだろうとかさ」

「……」

「ぜんぜん濡れないとか？」

「あんたね…」

「試してみたくない？」

柊哉は軽く睨み付けるとさっさと店を出る。が、すぐに槇嶋が追い付いた。

「神野さん、そんな怒んなくても……」

「おまえの好奇心を満足させるつもりはないぞ」

「えー、それじゃあ発情期までお預けとか？」

お預けって…。槇嶋の中では次の発情期もやること前提らしくて、柊哉はそれに妙な期待をしている自分に呆れてしまう。

「なに勝手なこと……」

そう云い返してみたものの、本気で腹を立てているわけではないのだ。

そりゃ、槇嶋のようなアルファに誘われてその気にならない奴はそうはいないだろう。

「あんたさ、反応が素直すぎるよ」

悪い笑みを浮かべて、柊哉の腕を掴む。

「ちょ……」

「俺、明日休みなんだよね」

「俺は休みじゃないから！」

どうせ槇嶋だって本気ではないのだ。いちいち大袈裟に反応するようなことではない。それがわかっていても、やっぱり動揺してしまうのだった。

「それに今週は定休日も仕事だし…」

「あ、緒方シェフに呼ばれてるやつ？」

柊哉ははっとして槇嶋を見る。

「俺も祖父のお供で参加することになってるんだ」

「…ああ、そう」

「ちょっと楽しみだね」

「おまえは気楽でいいな。けど、こっちは緊張で楽しみどころじゃないから」

「そうなんだ？」

「そんなわけで、万全な体調で臨まないといけないので」

柊哉は槇嶋の誘いを振り切った。

もう少し強引に誘われていたらどうなっていたか柊哉にもわからなかったが、槇嶋は行儀よくしつこく誘うようなことはなかった。


柊哉が本店を訪ねるのは、実に七か月ぶりだ。

この日は、緒方シェフがヴェーネレのために考えた新しいレシピがレクチャーされることになっている。

食材を積み込んで、二人は上原の車で本店に向かう。

本店の食材はそのどれもが特別で、それゆえ価格もとびきりなので、ヴェーネレではとても使えない。なので新メニューのための食材は柊哉たちが持ち込むことになっている。

いつもの業者のものと、店の近所のスーパーのもの。同じような価格帯の仕入れの異なる食材を使って、同じ料理を目指すのだ。

「ここの厨房、ほんと広くていいよね」

上原はここに来るたびにそう云ってため息をつくのだ。

二人は緒方が来るまで黙々と食材の下処理にかかる。

暫くして、賑やかな声が聞こえてきた。

緒方と一緒に現れたのは、オーナーとそして槇嶋だった。

「見学させてもらいますよ」

オーナーが柊哉たちに笑いかける。

「ご無沙汰しています」

柊哉と上原は、深く頭を下げた。

広い厨房の一角に、見学者のためのテーブルが用意されていて、槇嶋は祖父のために椅子を引くと、自分もその隣に座った。

緒方シェフの新しいメニューを最初に試食できるのは、オーナーの特権だ。

「それじゃあ始めようか」

緒方がオーディオのスイッチを入れた。レッド・ツェッペリンの『フィジカル・グラフィティ』のリード曲が流れ出す。彼の厨房はその日の気分でいろんなアルバムがかかる。アニメソングや演歌の日もあるらしく、柊哉はそういうノリがあまり得意ではないが、今日の曲は悪くないと思った。

「綺麗に下処理されてるね。これなら美味しくできるだろう」

ニコニコしながら、肉に塩をしていく。

上原が邪魔にならないように動画を撮影する傍《かたわ》ら、柊哉は緒方の手元を観察して塩やスパイスの量を頭に叩き込む。

肉はそのまま置いておいて、先ずはソース。とにかく緒方は調理スピードが半端なく速い。手先が器用な上にたゆまぬ努力でそれを更に磨き上げているからだ。

次々と作り上げていって、大皿に盛る。

緒方は実に楽しそうに肉を焼き始めた。

「この焼き色が大事。火力しっかり加減してねー」

ときどき、ギター演奏に合わせて身体を揺らす。

彼ほど楽しそうに料理をするシェフを柊哉は知らない。しかしそれに見惚れていてはいけない。裏返すタイミング、次の塩のタイミング。香草の量、全部見逃してはいけないのだ。

「はーい、オーブンに放り込みまーす」

柊哉はほっと息をついた。

料理はどんどん出来上がって、オーナーたちも席を移動する。そしてそれらは店のテーブルに運ばれた。

盛り付けはハーフサイズにして、皆で試食する。

「ああ、いいねえ。イタリアの街角のトラットリアの味。奇をてらわない、イタリアのどこかで食べたことのある味」

オーナーは目を細めながら、少しずつ盛り付けられた料理を味わう。

槇嶋はオーナーの孫の特権を活かして、緒方の料理は月一くらいの頻度で食べているが、その強烈な印象の料理とはまるで違っていて、心から驚いた。そして、それは確かにヴェーネレで柊哉が作っている料理に違いなかった。

槇嶋は遅ればせながら、このときやっと二人の意図が読み取れた。

研修前に店で柊哉の料理を食べたときに、どこにでもある味だと評価した。それはある意味で正しかったが、それでもその先にある「また食べたいと思わせる何か」にまで思い至ってなかった。

一方、柊哉と上原は緒方シェフの料理を味わいながらも、真剣な面持ちでその味を記憶しようとしていた。

「では、神野シェフにもお願いしましょう」

柊哉は頷くと、食べ終わった皿を片付けようとする。それを槇嶋が止めた。

「…片付けは俺が」

一瞬躊躇したが、オーナーがにっこり微笑むのを見て、槇嶋に任せることにした。そして再び上原と厨房に移動した。

緒方はそのままホールに残って、オーナーとのお喋《しゃべ》りに花を咲かせていて、特に柊哉たちにアドバイスする気はなさそうだ。

皿を下げてきた槇嶋は、柊哉たちが格闘しているのを邪魔しないように見学する。

柊哉たちは動画を確認することなく、今見た記憶だけで調理を進めていく。

緊張するものの、味覚を全開にして集中させるこの時間が、柊哉は好きだった。

緒方の料理に迷いはない。何気なく足す胡椒の一振りも、すべて必要なもので、それを理解できない料理人は彼の厨房から去る運命にある。

その自由なようで実はものすごい厳格さに、柊哉は憧れる。

だから、何も変えない、何も足さない。これ以外ない。

そんな柊哉を、槇嶋は不思議な思いで見ていた。

いつも厨房で見る柊哉とはどこか違っていて、集中するその姿は特別な姿に見えたのだ。

「俺が運びましょう」

柊哉がはっとして顔を上げる。

緊張が少し和らいで、初めて槇嶋がスーツ姿だったことに気づいた。

この暑い日にスーツとは。そしてそれが暑さをまるで感じさせない。柊哉は眩《まぶ》しそうに目を細めてしまう。

美しい立ち姿で、大股で厨房を出ると、慣れた仕草でテーブルに皿を置いた。

そして上着のボタンを外すと、自分の席に着いた。

「お待たせしました」

柊哉が、再び緊張した面持ちで声をかける。

緒方は皿をしげしげと見つめると、ちらりと柊哉を見る。

「見た目はいいね。焦げ目も綺麗」

丁寧にチェックして、料理を口に運ぶ。

目を閉じて味わう。すぐに批評はしない。付け合わせも食べる。

「おっと、オーナーもどうぞ。まだ入るでしょ？　凌くんも、冷めないうちに」

二人に勧めて、自分も他の料理を味わう。

「美味しいねえ。やっぱり神野くんに任せておけば安心だ」

その言葉に、柊哉はようやっと緊張を解いた。

「一番重要なのは、食べたときの印象が同じってこと。神野くんの味の記憶は、私が引き出したい味を忠実に追っている。そこにブレがなければ大丈夫」

「ありがとうございます」

「こっちこそだよ。神野くんがいるから安心してお任せできる」

柊哉ははにかんだような笑みを浮かべると、厨房に戻った。

「凌くんは、ワインは？」

「今日は運転があるので…」

「それは残念だね」

そう云って、オーナーのグラスに注いだ。

「凌くんはおかわりしたそうな勢いだね」

「…美味しいです」

「それはよかった。来月からメニューにのせるから、いつでもお店で食べられるよ」

にこにこ微笑む緒方に、槇嶋はちょっと申し訳なさそうな表情になった。

「実は、ヴェーネレで食べたのは一度きりで…」

「え、なんで？」

「俺、よくわかってなくて…。いつもの緒方シェフの料理とあまりにも違うから、さっきからびっくりしてます」

「なるほど、なるほど。で、どう？」

「…できれば毎日でも通いたいくらいの感じですね」

それに緒方は子どものような無邪気な笑みを見せた。

「でしょ？　本来の僕の料理はガツンと強い印象でハートを鷲掴みして、いつまでも余韻が続いて、あとで思い返してもありゃほんとに美味かったなあって思わせるもの。けど、毎日どころか週一でもくどい」

自分で云って軽快に笑った。

「僕ももうちょっと歳とって、今の料理を作るだけでも重いなあと感じるときがきたら、こういう料理を出す店を持ちたいのよ。だから将来の夢としてとっておいたんだけど、神野くんとの不思議な縁でヴェーネレを作ることになったんだ」

「…そうなんですか」

「古い知り合いから紹介されてね。オリジナルのセンスもアイディアも実に平凡でおもしろみもないんだけど、人が作った料理を再現するのが抜群にうまいって。本人、真面目で熱心なだけに便利屋みたいな使われ方をされるのは忍びないって。それでピンときて。試しにいくつかの料理を僕が作って、再現してもらったの」

緒方の話だけで、彼が柊哉を信頼していることが槙嶋にも理解できた。

「正直驚いた。で、即決したの。オーナーも大賛成で。つまり彼がいないとヴェーネレは成り立たない。だから、凌くんも彼のことは大事にしてね」

緒方の言葉に、槇嶋は黙って頷いた。

槇嶋はオーナーと緒方を送っていき、柊哉たちは厨房の片づけを終えると店に戻った。

家族持ちの上原を休日に丸一日拘束するのは気の毒だったので、早々に帰すと、一人でレシピの確認を始める。

ソースをもう一度作ってみて、忘れないうちにポイントをまとめる。

そして録画を見ながら、手順を確認してレシピを書き起こしていると、槇嶋からラインが送られてきた。

『まだ本店にいます？』

柊哉はヴェーネレに戻ったと返信する。

『近くまで来てるので、寄ります』

すぐに、槇嶋から返信があった。

「寄ります？」

何だろうと思ったが、あまり気に留めずに作業を続ける。

作業が終わっても槇嶋は現れず、もう帰ることを連絡した方がいいのかと思っているところに、裏口が開く音が聞こえた。

「神野さーん、います？」

声をかけながら槇嶋が入ってきた。

「あ、いた。よかった」

外は暮れ始めているが、まだまだ気温は高い。さすがに暑いのか、槇嶋はジャケットを脱いでネクタイを緩めている。

「もう帰るとこ」

「あ、それじゃあ、これから飲みにいきません？　さすがにお腹はそんなに減ってないでしょ？」

「は？」

「ちょっと話したくて」

「……」

「付き合ってよ？」

話したい？　部屋に連れ込むのではなく飲みの誘い？　それが意外だったせいで、柊哉はつい誘いにのってしまった。

「…いいけど」

その返事に、槇嶋の顔がぱっと晴れる。それを見て、柊哉は落ち着かない気持ちになった。

「よかった。友達の店でいい？」

「どこでもいいけど…。おまえ、車は？」

「あー、置いていきます。タクシー捕まえて…」

二人は表通りまで出て、車を拾った。

店は目立たない看板が出てるだけで、初めての客は入りにくい構えだった。

まだ時間が早いせいか店内は空いていて、彼らは奥のテーブルに案内された。

「ここ、フードメニューも充実してるんだ。特に生ハムがお勧め。本店で出してるのと同じとこのだよ」

槙嶋は喉が渇いたからとビールを注文し、柊哉はスパークリングワインにした。

「俺さ、神野さんに失礼なこと云ったよね。会った日に。今更だけど、謝らないとって」

柊哉はきょとんとした。

「今日、緒方シェフからいろいろ聞いて…。俺、何も知らないのに、勘違いして偉そうなこと云っちゃって…。俺、あの店の意味とかあんまわかってなくて、ライト層に合わせてもっと出店すればいいのにって思ってたくらいで…。ほんと、すみませんでした」

素直に謝罪されて、柊哉はそのことに驚く。

「や、そんな…。べつに、気にしてないし…」

もごもご返すと、ワインを一口飲んだ。

「緒方シェフが、神野さんのこと大事にしろって」

「え、シェフが…？」

「彼にそんなふうに云わせるのって凄いよね。あの人、スタッフのこと大事にしてるけど、それは自分の仕事をしやすくしてくれてるからなだけで、それができるなら誰でもいいって思ってるとこあるしね。代わりはいくらでもいるって。まあ事実なんだけど…」

槇嶋はそう云って、ビールを飲む。

「緒方さんとこで働きたい人はいくらでもいるし、あの条件ならそこそこの店でシェフやってた人だって不満ないはず。ぶっちゃけ、そのレベルのスタッフであれば緒方さんは誰でもいいわけ。尽してくれる人には愛情を持って接するけど、でも緒方シェフにとって特別なスタッフはいない。俺が聞いた限りではこの人じゃなきゃダメってのは、サービスの落合《おちあい》さんと、神野さんだけなんだよなあ」

槇嶋はそう云うと、生ハムを摘《つま》んだ。そして残ったビールを飲み干す。

「…それってちょっと凄いよね？」

改めて云われて、柊哉はリアクションに困った。

「まあ、運がよかったっていうか…。俺の方こそ逆に緒方シェフと出会わなかったら、いまだに下っ端だっただろうし。そもそも本格的に料理を学んだわけじゃないから…」

そもそも柊哉が料理の道を目指したのは、子どものころに食事らしい食事ができなかったことが大きい。それに給料が安くてもまかない付きだと何とかなる。個人経営の飲食店は待遇が悪いところが多いせいか常に人手不足で、未経験者でも雇ってもらいやすかったということもある。

だからシェフになりたいなんて夢は特になかった。

ただ、その中で少しでもよい待遇を得るために、柊哉なりにネットや図書館を利用して勉強して、調理師免許も取得した。

それでも一流店で修業したわけでも、調理師学校で学んだわけでもないので、引け目のようなものはある。

だから、緒方に認められても正直ピンとこなかったし、もっと修業を積んでからの方がいいんじゃないかと考えたりもした。

しかし、オメガである自分がシェフになれるチャンスなどこれが最初で最後だろうと思って、受けることにしたのだ。

自分に自信を持つためにもその判断は正しかったと思っているが、不安は常にある。

「あんたに不満があるなら、そもそも緒方シェフは任せたりしないし、あんたが期待外れだったと思ったら、その時点で店ごと閉めてる。たとえ客が満足してたとしても。あの人はそういう人だよ。だから自信持った方がいい」

「……」

柊哉は黙って、槇嶋のその言葉を噛みしめていた。

彼がそんなことを云ってくれるなどと想像すらしてなくて、戸惑うと同時に、それは深いところまですうっと入り込んできた。

「ていうか、あんた自信持ってるよね。俺がオーナーの孫だと知った時点でも、自信満々に云い返してたし」

「…あれは、ちょっと云い過ぎたと…」

「そうなの？」

自信というのとは違う。ただバカにされたくなかっただけだ。

「…あんな云い方しちゃったから、あんたはうちでは研修しないだろうなとは思った」

「意外に真面目でしょ？」

「…ていうか、Mなのかなって」

涼しい顔で返す柊哉に、槇嶋は苦笑してみせる。

「それ、神野さんが云うとはね。あんなに虐めてほしがりなくせに…」

返されて、つい赤くなってしまう。

「やっぱ、自覚あるんだ」

「違うから。あれは…、あのときだからで…」

「そ？　じゃあ、ふだんは違うってとこ見せてもらいたいなあ」

にやにや笑うと、ミントをいっぱい潰したモヒートを飲む。

柊哉は二杯目はうんとアルコール濃度の低いものにしたが、早くも酔ってきたのか頬が熱くなってきている。

槇嶋は見た目どおり酒には強く、まったくふだんと変わらない。

それでも気分はいいのか、今日はいつも以上に舌が滑らかで、研修後の展望を話し始めた。

「緒方シェフを口説かないといけないんだけど、神野さんが協力してくれたら話が進むと思うんだよね」

「…俺にはそんな権限はないぞ？」

「やってみたいって云ってくれたら、好きにさせてくれるはず。緒方シェフは面倒なだけで、強いポリシーとかあんまない人だよ」

「俺も面倒だよ」

「そう云わずにさ。マージンも払うから」

「マージン？　ほんとに？」

「意外にゲンキンだね」

「当たり前だよ。金持ちのボンボンとは違うの」

「ひでー。まあその通りなんだけど」

槙嶋はそう云って笑うと、柊哉の唇に軽くキスをした。

「ちょ、こんなとこで…」

「平気平気、カウンターからは見えないから」

モヒートをくいと飲んで、軽くウインクする。そういうのがいちいち様になって困る。

「…柊哉って、けっこう可愛いよね」

名前で呼ばれてどきっとした。

「い、いきなり呼び捨てかよ」

「エッチの最中にシェフとか云われたら萎えるだろ？」

「ば、ばか…、何云って…」

「呼び捨てまずい？　んじゃ、柊哉さん？」

肘をついてじっと見つめて、柊哉の反応を窺う。

それだけのことに、柊哉は動揺を抑えられずに思わず目を伏せてしまった。しかしそれはその仕草といい上気した頬といい、槇嶋にはどこか誘っているように見えてもいた。

「そろそろ出ようか。混んできたし…」

「…ん。あ、財布……」

ポケットの財布を出そうとする柊哉を、それとなく制した。

「奢《おご》りだよ。ほら、金持ちのボンボンだから」

「いや、けど自分の分くらいは…」

柊哉の方が三つも年上なのだから、このまま奢られるというのはさすがに躊躇《ちゅうちょ》する。が、それを槇嶋は笑って遮った。

「いいからいいから。友達の店だって云っただろ？」

さっさと席を立つと、バーテンダーに何か言づけて店を出た。

友達の店とはいってもおそらく友達が出資している店ということで、友達が店を取り仕切っているわけではなさそうだ。

「あの…ご馳走様」

「あんまり飲んでなかったじゃない」

「そうでもない。俺比でははけっこう飲んでる方…」

足元がややふらついている。

「危ないよ」

槙嶋が柊哉を支える。

「だ、大丈夫……」

そう云って離れようとする柊哉を、槙嶋はぐいと引き寄せた。

「な……」

「やっぱり。うっすら匂ってる。フェロモン？」

云われて、柊哉は顔を真っ赤にした。

「そ、そんなはず…」

「柊哉、アルコール弱いから。身体、火照ってるでしょ」

身体は確かに熱い。しかし発情期でもないのにフェロモンが出るはずは…。

「うーん、クるよね…。潤んだ目に、火照った身体。それと、この匂い……」

云われるとよけいに身体が熱くなってしまう。そうなると、さっきよりもフェロモンの匂いが濃くなる。

それに、槙嶋はふっと目を細めた。

「…挑発してる？」

「ち、ちがっ…」

決して挑発はしていないが、それでも柊哉も自分で制御できなくなってしまっていた。

店で呼んでもらったタクシーが来て、二人は槇嶋のマンションに向かった。

槇嶋の部屋は、この前来たときよりも物が増えていた。そのぶん、部屋が狭く感じる。

「控えめな匂いも、これはこれでいいよね」

柊哉の肩に顔を埋めて匂いを嗅ぎながら、腰を撫で回す。

「あ…、さっきより濃い匂い。発情期じゃなくても、気持ちいいと変化するんだね」

揶揄うように云うと、柊哉に口づける。

それは、前のときのように欲望に突き動かされるというよりは、柊哉を愛おしむような優しさがあって、柊哉は戸惑った。

こんなふうに扱われるのは初めてだったからだ。

何度も口づけられて、柊哉はもう立っていられない。

前はなかったソファに、ぐずぐずと崩れた。

「…発情期じゃなくても充分エロいね」

槇嶋はほくそ笑みながら、再びキスを繰り返す。

されるがままで、柊哉はただただ受け身だった。どこかで理性が歯止めをかけていて、自分からは何もできない。

槙嶋はキスをしながら、巧みに柊哉の服を剥《は》いでいく。

柊哉が気づいたときには、パンツは半分ほど下げられていて、後ろのまだ濡れていないところに槙嶋の長い指が埋まった。

「う…わっ……」

違和感に飛び上がる。

「やっぱ、まだ濡れてないな」

槙嶋は一旦指を引き抜くと、更にパンツを押し下げて、そこを押し広げた。

「や…め…っ…」

恥ずかしくて慌てて顔を覆う。

「勃起してるじゃん…」

そこを凝視しながら、微笑む。

「う…る、さい…」

「なんだ？　可愛くないな」

くすくす笑いながら返すと、ふっと息をかける。

柊哉のペニスが、ぴくんと震える。

「やっぱ、発情期とは全然違うんだなあ」

「あ、…たり、前だろ」

押し広げられた足を閉じようと力を入れたが、あっさりと槇嶋に阻止された。

槇嶋は、更に大きく開くと、柊哉のペニスの先に舌を這わせた。

「ちょ、やめ…！」

目を閉じたまま、頭を振る。が、槇嶋は気にせずにそれをしゃぶりあげた。

フェラをされたのは初めてだった。

とんでもない快感に、声を抑えられない。

唇でペニスを締め付けられて、熱い口の中に含まれる。

「あ…っ、い、い…」

槇嶋はそうしながらも、再び柊哉の後ろを指で弄った。

「あ…うっ……」

そこは少し緩み始めていて、槇嶋の指がするりと入った。

ペニスをしゃぶられながら後ろを指で弄られて、もう頭がおかしくなりそうだ。

発情期のときと違ってなまじ理性が残っているものだから、こんな格好をさせられていることで恥ずかしくて死にそうなのだ。

「や、や……。で、出る、から……」

柊哉が悲鳴のように叫ぶと、槙嶋は柊哉のペニスを一旦外に出してやる。

「ほら、後ろ緩んできてる…」

槙嶋はそう云うと、更に指を増やしてぐいと潜り込ませた。

こじ開けるように入ってきた指で中を刺激された瞬間、柊哉は濡れた声を上げて射精した。

「…早くね？」

槙嶋は柊哉がイったあとも、後ろを愛撫し続ける。

「ああ…、濡れてきたね」

発情期でもないのに、柊哉の後ろは徐々に愛液で潤ってくる。

やや放心状態の柊哉に口づけると、脚を持ち上げて、濡れてきた入り口に自分のものを押し付けた。

「フェラ、気持ちよかった？」

まだ中には入れずに、先端をぐりぐりと押し付ける。

「しゃぶられて、後ろ拡がっちゃうとか、凄いね」

柊哉は肩で息をしながら、何度も唾を呑み込む。フェラされて射精したのに、それだけでは足りないのだ。

「ひくついてるよ、ここ…」

柊哉は小さく頭を振った。早く、早く……。

「イヤなの？」

慌てて顔を上げて槙嶋を見てしまう。

槙嶋は、僅《わず》かに眉間に皺を寄せて柊哉を見つめている。

ヒート状態の、獲物を目にしたときの目とは違っていた。

少し目を細めたのがどこかせつなく見えて、柊哉の心臓はどきんと跳ねた。

「は、や…く……」

思わず口にしていた。

自分の意思で、槙嶋が欲しかった。

発情期の、わけのわからない本能に突き動かされているときとは違う。

「早く、なに？」

「や…やれ、よ……」

柊哉は泣きそうな顔で槙嶋を睨み付ける。

それを、槙嶋は愛しそうに目を細めた。

「えらそう…」

「じ、焦らすな、って…」

「可愛くないなあ。もっと、やらしい感じでお願いしてくれないと」

柊哉は唇を噛んで、眉を寄せてしまう。

「…それ、可愛い」

槇嶋は微笑むと、柊哉に口づける。

「お〇〇ちん、入れてくださいって云ってみよっか？」

柊哉はふるふると頭を振る。発情期じゃないと理性が邪魔してしまう。それでも苦しくて、自分から腰を浮かせた。

「…やらしいなあ。そっちのがずっとやらしいじゃん」

「た、頼むから、早く……」

「…欲しいの？」

「欲しい…。挿れて……」

懇願されて、槇嶋はそれを叶えてやった。

「あ、ああ…っ…！」

緩んだとはいえ、発情期とはやはり違う。

槇嶋の大きなもので、柊哉の後ろは裂けそうなほどの圧迫感だ。

「む、無理……。くる、しい…」

柊哉は悲鳴を上げて、頭を振った。

槙嶋も思わず眉を寄せる。

「ちょっ、きつすぎ…。もうちょっと緩めて……」

云われても、柊哉はどうすればいいのかわからない。

「や、…ぬ、抜いて……」

発情期のときと違って、これほど苦しいとは。

「大丈夫。ゆっくり息吐いて…」

あやすように槙嶋は柊哉の髪を撫でる。

「奥、入れる、な…」

「わかった。このまま、浅いとこだけね？」

少し身体を引いてやる。

「力抜いて？　ほら、深呼吸しよっか？」

柊哉は優しい目で促されて、ゆっくりと身体の力を抜いた。

緊張がとれたとはいえ、やはりそこはまだ狭かった。

「…開発しがいがありそう」

ぼそっと呟くと、槙嶋は自分のペニスで前立腺を刺激してやる。

やった。

「あ、っあ……」

浅いところを突かれて、柊哉はしだいに息が荒くなる。

自分を見下ろす槇嶋の目が、どこか包み込むように甘い。

「ん、んんっ……」

じわじわと気持ちがよくて、中も緩んできている。

それでも槇嶋は無理に押し入ったりせずに、柊哉の弱いところを探してそこを何度も突いてやった。

いきなりすごい快感に襲われて根こそぎ攫《さら》われるような、そんなセックスとは違う。余裕がある分理性がまだ残っている状態で、気持ちにごまかしがきかない。

「気持ちいい？」

優しく聞かれて、答えられない。

「…こっち？」

角度を変えて愛撫される。槇嶋は柊哉から目を逸らさない。

柊哉は慌てて目を閉じた。

それでもすべてを見られている羞恥《しゅうち》で、逃げ出したくなる。

なんなの、これ…。落ち着かない…。

「柊哉…。ちゃんと見て…」

そんなこと云われても……。

「いいんだろ？　さっきより濡れてきてるよ？」

その言葉に奥が疼いて、思わず締め付けてしまう。

「…やらしいな」

目を細めて呟くと、柊哉の身体を折り曲げて口づける。

槇嶋の腰の動きが激しくなって、柊哉を絶頂に導いた。


「シェフ、ちょっといいですか？」

柊哉が休憩時間を利用して仕入れ先の候補となる業者をチェックしていると、大久保たちホール担当が腕組みをして彼のテーブルを取り囲んだ。

「なに？　テーブルだったら後でちゃんと拭いておくよ」

パソコンの画面から顔を上げた柊哉を、三人が睨み付けた。

「私ら、知ってんですよ。シェフが立場利用して、槇嶋くんに強引に迫ってること」

「は？」

柊哉はその云いがかりに、思わず眉を寄せる。

「休みの日も呼び出して、店の近くからタクシー乗ったって」

「え……」

見ていたスタッフがいたのかと思って、つい反応してしまった。

「やっぱり。覚えあるんだ…」

「槇嶋くん、迷惑してると思う」

「セクハラじゃないですか」

口々に責め立てられる。しかしセクハラというのは立場を利用して弱い立場の者に性的なことを強いることを云うはずでは？　自分よりも槇嶋の方が立場が弱いんだろうかと、柊哉はふと考えてしまう。

あの槇嶋が、立場を理由に休みの日に呼び出されたとして、それに応じるだろうか？　だいたいこの店のシェフってだけでどれだけの権力があるというのか。

「そんなんじゃないよ。あの日は仕事だったから」

「仕事ってどういうことですか？　説明してください」

その明らかに舐めた態度に、柊哉もさすがにむっとした。

「…なんできみらにそれを説明しないといけない？」

呆れたように返す。それが火に油を注いだ。

「なによ、開き直って…」

「説明できないってことは、やましいことしてたってことでしょ」

「そうよ。本人からは云い出しにくいから、私らが声を上げないと…」

あまりにもバカらしい言い分に、柊哉は内心ため息をついた。セクハラの拡大解釈もいいかげんにしろと思う。

サービススタッフとしての彼女たちのプロ意識は評価しているが、思慮深いわけではないことも知っている。セクハラの本来の意味を説明したいところだが聞く耳を持たないだろう。なのでこういうときは相手にしないことにしていた。

「俺に不満があるなら会社に訴えるよう槇嶋に教えてやれ。俺は何も困らない」

それだけ云ってパソコンのモニターに視線を戻す。貴重な休み時間を仕事のことで潰しているのだ。これ以上邪魔されたくなかった。

が、それは彼女たちの自尊心を傷つけた。

「私らが槇嶋くんのシフトを教えてもらうことを問題視しておいて、自分だけはちゃっかり立場利用するとか…」

「ほんと、これだからオメガって…」

「色目使って、いやらしいったら…」

テーブルからは離れたものの、柊哉に聞こえるように云い放つ。が、柊哉が云い返すことはない。そのことでよけいに彼女たちはエスカレートしていった。

彼女たちは、柊哉がこの店のシェフだということを失念してしまっているようだった。泥棒猫のようなオメガという目でしか彼を見ていない。

「槇嶋くんは、あんたみたいなオメガ相手にしないから。さっさと諦めてくださいね」

「シェフのせいで、槇嶋くんが辞めたりしたらほんと恨むから」

「そうなったら、責任とってシェフに辞めてもらいますから！」

彼女たちは云いたいことだけ云うと、ホールを出ていった。

何、この理不尽な感じ…。

これほど露骨に差別的なことを云われたのは、わりと久しぶりだ。

これまでにも、オメガというだけで給料を低く設定されたり、露骨にバカにされることはよくあった。

こんなことはとっくに慣れている。それで今更傷ついたりはしない。

理不尽な扱いはもう仕方のないことで、自分一人の力で抗えない部分があることは、もうわかりきっている。

それでも今は彼女たちよりも自分の方が立場は上で、槇嶋自身がセクハラの訴えをしない限りは、誰も柊哉を制裁することはできない。

高校を中退して仕事をするようになってから、オメガが気に入らないというだけで簡単に排除されてきたのだ。

レイプされそうになって反撃したら、相手からフェロモンで誘惑したオメガの方が悪いと云い張られて、仕事をやめなければならなくなったことだってある。

それを思えば、バイトスタッフから嫌がらせを受けることなど大したことではない。こんなことくらいで、彼女たちの行いを問題視するつもりもない。

これまでだって、彼女たちが自分に対して友好的だったことはなく、それでも仕事に差し支えるようなこともなかったからだ。

が、柊哉の温情は理解されなかった。

柊哉が問題にしないのをいいことに、バイト同士でこの情報はあっという間に共有されてしまって、女子スタッフ全員から敵意を抱かれることになってしまった。

そんなときに大きなトラブルが起きた。

ラストオーダーの時間も過ぎて、厨房では手の空いた者が明日の仕込みを始めている時間帯でのことだった。

少し前の慌ただしさも一段落して、ダブった料理を食べている者もいたりと、のんびりした厨房に、サービススタッフの早瀬《はやせ》が駆け込んできた。

「店長！　お客様が…」

その声に、厨房は騒然となった。

店には三組の客が残っていたが、一人の女性客がトイレで苦しそうに咳《せ》き込んでいたのだ。

「あの、もしかしてさっきのドレッシング、ナッツ系が入ってたんじゃ…」

連れの男性に聞かれて、柊哉はぎくりとした。

「ナッツ系…」

柊哉の頭に食物アレルギーのことが浮かんだ。

「アーモンドパウダーが…」

「あー、やっぱり。いちおう確認したんだけどな…」

柊哉は血の気が引いた。

「救急車を…」

「だ、大丈夫。そんな大げさにしないで。吐けば治まるから…」

苦しそうに咳き込みながらも、女性客は首を振った。

「けど……」

処置が遅れると大事になるケースもあるのが食物アレルギーなのだ。柊哉はやはり救急車を呼ぶべきだと思った。しかし女性はそれを強く拒《こば》んだ。

「万一のときはエピペンも持ってるから。アレルギーとは付き合い長いから、このくらいなら平気…」

「……」

柊哉は不安だったが、それでも本人が拒むのを無理強いするのも躊躇われた。

「では懇意にしている医院がすぐ近くにあるので、送らせてください。車出します」

柊哉はそう云って、店長を振り返った。

「あ、それがいいね。五分くらいの距離ですので」

「え、でも…」

「念のため診てもらっておいた方がいいんじゃないか」

連れの男性が心配そうにしている。

「本当に申し訳ありません」

「いいえ、そんなに気にしないで。私がもっとはっきり云えばよかったことだから…。いつもは少しくらいなら大丈夫なのよ。ちょっとブツブツ出るくらいで。今日はワインがおいしくて、たくさん飲んだせいかも…」

そんなふうに云ってもらえて少しホッとするが、それでもやはり苦しそうだ。

店長が自分の車を回してきて、医院には他のスタッフが電話を入れて、救急車を呼ぶより素早く医院まで送ることができた。

柊哉は念のために、その客に提供した食材とだいたいの量を書き出して、店長のラインに送った。

騒動が伝わってしまった他の客にお詫びをして、後片付けをしていると、店長から電話がかかってきた。

『今、診察終わったとこ。心配なかったみたい。けど、自宅まで送らせてもらおうと思って』

「それがいいです。よろしくお願いします」

『うん。お客様が、スタッフの方を責めないでくださいって。きっとびっくりされたと思うって、気遣ってくださって…』

「…ありがたいです」

柊哉は電話を切ると、全員を集めた。

「もう大丈夫みたいだ。けど、食物アレルギーは命に係わることもある。みんなにリーフレットは渡してると思うけど、再度読み返しておいてください」

そう云うに留めた。接客した本人が一番わかっていることだと思ったからだ。

「オーダーを厨房に通す際は、これまで以上に丁寧にお互い確認し合うように。他の方法も考えて、よりわかりやすいやり方を取り入れていこうと……」

そこまで云うと、サービスの早瀬が手を挙げた。

「あの、なんかこっちのミスみたいに思われてる気がするんですけど…。私、ちゃんとシェフに確認しましたよ？」

「は？」

柊哉は驚いて彼女を見た。

「いや、聞いてないけど」

「…シェフの返事が適当な感じだったからもう一度云った方がいいかなとは思ったけど、それでも返事は聞いたから……」

そんなはずはない。今回は軽症で済んだものの、食物アレルギーはひとつ間違えたら命に係わる。アレルギーのことを聞いて適当な返事をするなど、あり得ないのだ。

確かに、人のすることに絶対はないからヒューマンエラーはゼロにはできない。思い込みや記憶違いは誰にでもある。だが、柊哉はこのときのことははっきりと覚えていたのだ。早瀬がオーダーを通したときの記憶は鮮明に残っていた。

「伝票見てもらったらわかるから。調べてください」

自信満々に云い放つ。

吉田が急いで、処理済みのケースから伝票を見つけ出した。

「…シェフ、確かに書いてあります」

吉田が遠慮がちに柊哉に見せる。

柊哉は驚いて確認した。このオーダー用伝票を見た覚えは確かにある。が、アレルギーのことは何も書かれてなかった。見落とすはずがない。しかし、そこにはそのときなかったメモが残っていた。

「シェフってば、自分は完璧でミスは全部人のせいだって思ってるから、こういうことしちゃうんですよ」

ここぞとばかりに大久保が責める。

「昨日だって、自分がオーダー聞き間違えたのに、まるで私が悪いみたいに…」

それは間違いなく大久保のミスだったのに、なぜか柊哉が間違ったかのように云い募った。

そのミスに関しては、柊哉がいち早く気づいてフォローできたので、客に迷惑をかけることはなかった。それでもいちおう簡単に口頭注意をした。そのときもむくれて返事もしなかったのだが、本気で自分は悪くないと思っているようだ。

そのことを改めて指導したいところだが、今のタイミングだと柊哉が今日のことを云い訳しているように受け取られかねない。状況証拠からすれば、アレルギーに関しては柊哉の確認ミスと考えるしかないのだ。

「私もちゃんと確認すればよかったんだけど…」

「早瀬は悪くないよう。シェフがもっとしっかりしてくれないと」

大久保は柊哉を責めることができて、気持ちよさそうだ。

柊哉は腑に落ちない気持ちはあったものの、それでも証拠がある以上は自分の間違いだろうと認めて詫びた。その上で気を付けるよう再度確認したが、他のスタッフからの信頼は一気になくなってしまった。

そんなことをしているうちに終業時間になってしまったので、柊哉は掃除や片付けを引き受けて全員を帰らせた。

厨房を片付けながら、柊哉は早瀬のオーダーを受けたときのことを何度も思い起こしていた。記憶にあやふやなところはない。はっきりと思い出せるのに、アレルギーのことを聞いた覚えがまったくないのだ。

自分が無自覚なまま聞き洩《も》らしていたとしたら、今後を考えて対策が必要になる。それも含めてあれこれ考えながらレジを締めると、ふと使いかけの伝票が目に入った。

オーダー用の伝票は簡易なメモタイプで五十枚で一冊になっている。スタッフはその用紙にオーダーを手書きする。複写式の下敷きを敷くタイプではないため残った分にはその前に書いたボールペンの筆圧が残る。柊哉はいくつかの使いかけの伝票の一番上を鉛筆で薄く塗りつぶしてみた。

「…やっぱりか」

そこには、早瀬が記入したオーダーの文字とおなじものが浮き出たが、アレルギーの注意書きは浮かんでこなかった。つまり、注意書きは伝票を切り離した後に書かれたものだ。そしてそのことは彼らの作業手順を考えればかなり不自然なことだった。

伝票には注意書きも含めて全部書き入れて、それを見ながらオーダーを通す。それに対して厨房から何らかの注意があることもあるので、場合によってはそれも書き込んで、その上で切り離して厨房のホルダーに挟み込む。

厨房スタッフは耳で聞いたあとにも、伝票で確認ができる。そして料理が出揃ったところで、伝票は所定のケースに回収されて、会計に回される。

アレルギーの客の分は会計前だったので、ケースに入ったままだったのだろう。早瀬がそれに気づいて自分のミスを隠すために慌てて書き入れたのではないかと柊哉は考えた。

とりあえず自分が食物アレルギーなどという料理人にとって重要なことを見落としていたわけではなかったことで、少しだけほっとしたが、問題はもちろんそれだけではない。早瀬は自分のミスをごまかすだけでなく、柊哉にミスをなすりつけた。日ごろから気に入らない柊哉への仕返しのつもりなのだろうか。

こんな形でハメられるとは思ってなかった。

柊哉は念のため、厨房の防犯カメラの映像を確認した。

ちょうど柊哉たちがアレルギーの客の対応に追われている時間帯に、早瀬が一人で厨房に戻ってきて、ケースから伝票を取り出すと、何か走り書きをしてケースに戻したのだ。

ズームアップしなくても、何を書いたのかは明らかだろう。

バレないと思ったのか。所属する小劇団では主役クラスの女優らしいが、なかなかの演技力だと誉めるべきだろうか。

「バレたあとのことを何で考えないのかなあ」

厨房にもホールにも防犯カメラが数台設置されていることは、予め《あらかじ》従業員全員に伝えてある。それは自分たちが理不尽な客とのトラブルに巻き込まれたときに、味方になってくれるものでもあるからだ。

しかしそれは、従業員にとって都合の悪いことも暴き立ててしまう。

そう、実は柊哉自身も、槙嶋との情事が録画されていた映像を、その部分だけ編集したことがあるのだ。

就業時間外のことだし、それが原因でクビになったりはしないだろうが、それでも問題がないわけじゃない。とてもそのまま残しておく気にはなれなかった。

そんな自分がこの映像を証拠として保存することに若干の躊躇はあったものの、それでもこのまま自分のミスにされるのは納得がいかない。


小一時間後、客を無事に送り届けて戻ってきた店長に、柊哉は防犯カメラのことも含めてすべて報告した。

「早瀬くんかあ…」

店長は困ったように首を振った。

「…実はさっきお客さんからも云われたんだけど…。料理を出されたときにアレルギーのことを何も云われなかったので、一瞬あれっとは思ったらしい。他のレストランだとアレルゲンが入ってなくても、安心させるために一言確認することが多いから。そのときにちゃんと確認すればよかったって…」

「そう。うちだって確認する」

そもそも、早瀬がアレルギーの件を把握していたのなら、柊哉が何も確認せずに料理を出した時点でおかしいと気付くはずだなのだ。それを確認できてない時点で、伝わっていないと気づかないといけない。伝票で辻褄《つじつま》を合わせたつもりなのだろうが、さすがに詰めが甘い。

もし患者が重症化した場合、訴訟問題にだってなりかねない。そのときはもっと徹底して調べられる。早瀬が食物アレルギーを簡単に考えていることがそもそもの原因だ。

しかも自分の責任をシェフに押し付ける、そんなスタッフをこのまま雇い続けていいのか、考えものだ。

しかし店長の考えは違っていた。

「けど、厄介だなあ。早瀬さんがシェフに責任押し付けたってなったら、彼女居辛くなるんじゃないかな」

「は？」

そんなこと知ったことかと柊哉は思う。

「…とりあえず彼女には僕から注意しとくけど、あまり問題を大きくしないほうがいいと思うんだよね」

「……」

「…シェフがどうしても早瀬さんに謝らせたいってことなら、そりゃきちんとしておかないといけないけど…」

なんだ、この流れは…。

「でも、こういうことは内々で処理した方がよかったりするんだよね。彼女たちすぐ感情的になっちゃうから、伝票の件とか防犯カメラだの見せたら、自分たちのこと信用してないとかって云い出しかねないし」

それは確かに云い出しそうだが、だからといって責任者がそういう姿勢でいいのか？

「理詰めで追い詰めるのは逆効果だったりするから難しいんだよ。わかるでしょ？」

「……」

「なんとかさ、あとで思い出して書いたけど、それはシェフにちゃんと伝えてなかったとかさ、そういう方向で…」

自分が悪者にならずに収めたい店長らしくて、柊哉は反論する気にもならなかった。

「…店長が注意したくないなら、俺から云っても……」

「ダメダメ。シェフきついから、他の子も一緒にやめちゃいかねないよ」

「……」

「ここは僕に任せて。タイミング見て、早瀬さんにうまく話しするから。ね？」

店長には問題を解決する能力がないのだ。ここで抗議すべきなのだろうが、柊哉が働いてきた環境ではこういう理不尽は珍しくなかった。それでもう面倒になってしまって、柊哉は仕方なくそれで納得することにした。

しかしその後も店長が早瀬にきちんと注意できたかはあやしく、女子スタッフと柊哉との関係は険悪そのものだった。

「今日、槙嶋くんシフト入れてるって聞いてたのに…」

「誰かのせいじゃないの？　付きまとわれたら嫌でしょ」

「えーひどい。せっかく目の保養できるって思ってたのにい」

柊哉のいる前で聞こえよがしに云う。

柊哉は相手にしなかったが、それでも気が滅入るのは確かだった。

早瀬の言い分を、厨房のスタッフたちがあっさりと信じてしまったことが、柊哉には地味にショックだったのだ。

自分が好かれてないことはわかっていたが、同じ料理人として信頼もされてないということだからだ。大久保たちが何を云おうがどうでもよかったが、厨房スタッフが何も云わなかったことは堪えた。

あの日上原は有給をとっていてその場にいなかった。彼がいれば何か変わっていたかもしれないが、彼が間に入ってくれないと、他のスタッフたちとの関係は一方通行だとは自分でも感じていたことだ。

彼らは、下手に柊哉の肩を持って女性スタッフから嫌われるくらいなら、静観しておく方が利口だと思っているのだろう。

そんなときに、追い打ちをかけるようなことが待っていた。


定休日の夕方に、アパートの自室で寛ぐ柊哉の元に、書類が届いた。

封筒に「オフィス柿本《かきもと》」と印刷されていたが、まったく覚えがない。

受け取りにハンコを押そうとしたが、手書きのサインが必要だと云われて、云われるままにサインをして受け取った。

何か嫌な予感があったが、開封してそれは現実になった。

「なんだこれ…」

債務者と連絡がとれなくなったので、保証人の貴方に支払ってもらうというような趣旨の文書と借用書のコピーが入っていた。

「三百万って……」

債務者は母だった。そして保証人の欄にはサインした覚えのない自分の名前が誰かによって記入されていて、印鑑も押されていた。悪いことに、そのサインは自分の字にとても似ていた。

悪い汗が背中を伝う。

借りた日付は三年以上前で、一年くらいは利息だけは返済していたようだが、元金は一切減っていない。返済が滞り出して、今では利息を含めると債務額は四百万円を超えている。

自分の住所は母と暮らしていたアパートになっている。確かに三年前はまだ住民票を移していなかったのだ。

今の店で働いているうちに将来に少し期待を持てるようになって、それで半年ほど前に住民票を移した。自分が暮らす場所できちんと生活をしたいと思ったからだ。そのときは、なんだか清々しい気持ちだった。まともな社会人になれた気がした。

しかしそのせいで、簡単に居住地を探し当てられてしまったのだ。

自分に関心のない母が居場所を探すとは考えられなかったし、もうとっくに母親との関係は切れたと思っていたのに…。

未成年の息子のバイト料を奪うような母親だったが、それでもさすがに自分を保証人に仕立てて、大金を借金するとまでは思っていなかった。それは自分が甘かったということなのだろうか。

信用などしてなかったつもりだけど、どこかであの女にも母親としての部分が残っていると信じたかったのだろうか。

どろどろとした感情が押し寄せてきて、吐きそうになる。

それに立ち向かうつもりで、母親の携帯に電話をしてみたが、既に解約されていた。

母と住んでいたアパートの大家の連絡先も調べてみたが、電話は繋がらなかった。

はっと思い立って、ストリートビューで家の付近の画像をチェックしたところ、アパートも周囲の建物も既になく、小奇麗な商業施設になっていた。

なんだか、狐につままれたみたいだ。

あのアパートを出てから、自分が育った街には一度も戻っていない。あそこは切り捨ててきた場所だからだ。しかし、この十年でそこは違う街になっていた。

「なんなんだ?」

どう受け止めればいいのか、わからない。

それでもとにかく母とは連絡がとれず、この借用書のことも、言い訳も恨みごとも、何も聞くことができないことは確かなようだ。

借用書にある事務所に電話をしてみようかとも思ったが、その前に事務所のことをネットで検索してみる。

柊哉が覚えている限りでは、母がまともに働いたことはない。そんな相手にこんな大金を貸す人間がまともとは思えなかったからだ。

検索するとあっさりとサイトは見つかったが、便利屋か何かのように見える。金融業であることには触れていない。

不安になって更に調べたところ、この事務所は金融業としての届け出のないことがわかった。つまり母が借金したのは所謂ヤミ金融の可能性が高く、しかし借用書は法的に問題なさそうで、利息も法律で定められた範囲内だった。

これは、すごくまずいケースのような…。

それでも自分がサインしたわけではないのだから、支払う義務はない。が、それを証明するのは素人には無理そうだ。弁護士を立てるのが一般的だが、しかしそうなると五十万円前後かかることになりそうだ。

ぎりぎりの生活を送りながら、僅かずつでも貯金をしてきた。柊哉にとって五十万は大きな金額だ。それを母のために使わなければならないと思うと、やりきれない。

こんなときに誰かに相談できれば…。そう思って深い溜め息をついた。

最初に顔が浮かんだのは、槙嶋だった。友人の会社を手伝っていたらしいから、弁護士の知り合いがいるかもしれない。ふと思ったが、慌てて打ち消した。

バカな。相談なんかできるわけがない。そんな関係じゃない。それに母親が闇金まがいのところで借金しているなんて、軽蔑されるかもしれない。

緒方には、アパートを借りるときに保証人になってもらった際に母親のことは少し話している。けど、だからこそよけいに迷惑はかけたくなかった。

友達らしい友達もいない。そんな彼にはネットで情報を得るのが精一杯だった。

柊哉は「オフィス柿本」宛てに、保証人になった覚えはなくサインは自分のものではないこと、母には連絡がつかないこと、心当たりをあたって、何かわかったら連絡させてもらうということを書いたメールを送っておいた。

その日は不安でなかなか寝付けなかった。

翌朝家を出るときに、メールに返信があった。それには、昨日書類を受け取ったときのサインの画像が添付されていて、照合した結果本人だと判断したと書かれていた。

なんだかハメられたような気分だ。

柊哉は怖くなって、すぐに無料で弁護士に相談できるサイトにも登録した。


「なんか元気ないですね」

スマホを見てため息をついているところを、槇嶋に見られてしまった。

「聞きましたよ。珍しく大きいミスしちゃったって。でも大したことなくてよかったじゃないですか」

「…聞いたのか」

「まあ、シェフがミスするの見たことないから」

「…ミスはしてないから」

ぼそっと返す。

「そうなんですか？」

柊哉はそれ以上は何も云わなかった。槇嶋に対しても自分がミスを認めていると思われたくなかったが、本当のことを話す気にもなれない。

柊哉の言い分を聞いて、槇嶋が店長に抗議すると彼の立場も悪くなるかもしれないし、槇嶋が自分の立場を考えて何のアクションもしなければそれはそれで、強く失望してしまうことになるだろう。

今は借金の件で手一杯で、他のことで煩《わずら》わされたくなかったのだ。

「…よかったら、話聞きますよ？」

槇嶋が妙に優しくて、少し気持ちが揺らぐ。

話を聞いてもらうだけでも楽になれるだろう。彼がアルファだからなのか、年下なのについ頼りたくなってしまう。

「今日、飲みに行きませんか？」

小声で耳打ちされる。

明日は定休日だしそれもいいかなあと、ふと思う。

が、休みを利用して法律相談に行くつもりだったことを思い出した。

柊哉は苦笑して、小さく首を振った。

「ちょっと…予定があるから…」

そんな話をしていると、槙嶋が店長に呼ばれて柊哉は一人になった。

ふと視線に気づいて顔を上げると、数人の女子が凄い目で柊哉を睨み付けている。

あの様子では、誰も槙嶋との距離が縮められないでいるようだ。だからってこっちに恨みをぶつけないでほしい。

きみらと一緒だよ、こっちも。彼に相手にされてるわけじゃない。

きみたちよりも、都合のいい相手だっただけのことだ。

オメガだし、男だし、年上だし、上司みたいなもんだし。槙嶋が責任を一切感じなくていい相手。彼女たちだってそれはわかっているはずだ。もちろん、自分たちがそんな関係だってことは想像もしてないだろうけど。

それでも槙嶋の方から話しかけるというだけでむかつくのだろう。

そのことを羨ましがられてるわけじゃない。ただ、目障りなだけなんだろう。

柊哉はもう一度ため息をついた。


何人かの弁護士にあたってみて、最終的に決めたのは、そこそこの規模の法律事務所から最近独立して自分で法律事務所を始めたばかりの矢田《やた》弁護士だった。

似たような案件は何度も経験があるというのと、何と云っても費用が格安だったのだ。

訪ねた事務所は想像どおりに狭く、事務員もいなかった。しかしそういう経費をかけないから、弁護士費用が安く設定できるのかもと考えた。

少し話した感じでも、しっかりとリスクも説明して安請け合いしないところも信頼できるように思えた。

それで、彼に依頼することに決めた。

これで何とかなりそうだとほっとして、事務所を後にする。

長いこと考えないようにしてきた母親の存在に、改めて深い溜め息が出る。

なぜ、法律では親子の縁が切れないようになっているのか。血のつながりがそれほど大事なのか。それに苦しめられている人よりも大事なことなのだろうか。

いったいいつまで親に苦しめられなければならないのだろう。

これまでは住む場所すらなく、住み込みで働くところから始めた。最低賃金を下回っていても、住む場所がなくなることを考えると抗議もできずにいた。賃金からどう考えても割高な部屋代を差し引かれて、手元に残るのは僅かだった。

何年も社会の底辺で生きてきた。そういう生活から這い上がるのは本当に大変だった。

それでも今ようやっと、手放したくないと思える仕事と住む場所を手に入れた。

セキュリティは万全とは言い難いものの、それほど治安は悪くない地域のアパートを借りることができた。これは緒方シェフの進言で会社が保証人になってくれたお陰だ。

それでも、こうやって身内に足を引っ張られてしまう。

「ちくしょう…」

負けるもんか。こんなことに絶対に負けたくない。

柊哉は唇を噛んだ。

数日後、矢田に書類を渡すために、店の近くのカフェで待ち合わせた。

矢田の事務所を訪ねる時間がなかったので、休憩時間に合わせて来てもらったのだ。

着手金も振り込んで、あとは任せるだけだ。

「…よろしくお願いします」

「すぐに相手に連絡して、出方を見てみるよ。前にも云ったように、筆跡が似てるのが気になるけど、幸い印鑑は実印ではないから…。これが実印で印鑑証明がついてたりしたら、もうお手上げ」

「無断で使われたとしてもですか？」

「それが証明できないと難しいね」

「そうなんですか…」

「問題は、債権者側が登録されている金融業者ではないってことだね。今どき、登録業者であれば印鑑証明もないのにこんな大金を貸したりはしない。もぐりの業者か、…厄介な相手でなければいいんだけど…」

柊哉もそれを願ったが、あの母親にまともな判断力があるとも思えない。

矢田はデイパックに柊哉の書類を入れると、アイスコーヒーを飲んだ。

「何かあったらいつでも電話して。…出られないときも多くて申し訳ないんだけど、留守電に入れておいてくれたら折り返すし。あ、ラインでも……」

柊哉もスマホを取り出すと、お互いのアカウントを登録し合う。

「…よろしくお願いします」

柊哉はぺこりと頭を下げると自分もアイスラテを飲んで、せっかくなので日ごろから疑問に思っている法律に関しての質問をしてみる。

矢田は気さくに一般論だと前置きしながらも、丁寧に答えてくれた。

「…よく勉強してるんだ?」

「いえいえ、ネットで調べる程度です」

そんな話をしていると、通路に人影ができた。

「あれ、シェフ…」

声をかけられて顔を上げると、サービスのスタッフたちが槇嶋を取り囲んで、紙カップを手に空席を探しているところだった。

槇嶋と視線が合った柊哉は、思わずテーブルに目を落としてしまった。

「休憩ですか?　珍しいですね」

声をかけた女性スタッフが、続けて聞く。

いつもは休憩でも店から出ることは滅多にないのだ。

柊哉は私服に着替えていたが、彼らはエプロンこそ外しているが制服のままだ。

ギャルソン姿の槇嶋は特別に目立っていて、彼女たちはその連れだということで羨望の目で見られるのが気持ちよさそうだ。

「今の彼氏じゃないの？」

通りすがりに聞こえるような声で女子スタッフに云われて、柊哉は思わず苦笑して、矢田に目で詫びた。矢田は特に気にしてないようだが、柊哉は何となく居たたまれない。

「すみません、なんか勘違いされたみたいで」

柊哉はどうにも申し訳なくて、店を出るなり彼に謝った。

「いやいや、きみが謝ることじゃないし。けど、一緒にいた長身のイケメン、目立ってたねえ。なんかモデルみたい…。彼もお店の人？」

意外そうな顔で聞く。

「…オーナーの孫なんで、研修で店のスタッフを…」

「ああ、なるほどね」

アルファで店員なのは珍しいよね…と、矢田の顔が語っている。

そういうときに、槇嶋が特別な存在なのだと再確認する。

そんな彼と何度か寝ているのだと思うと、一気に身体が熱くなる。べつに、誤解はしてない。自分の立場くらいわかってる。研修が終わったらもう会うこともない相手なのだから。

柊哉はロッカールームで再度コックコートに着替えると、早速矢田が送ってきたラインに返信を送った。

スタンプや絵文字が好きなタイプらしくて、送ってきたスタンプを見て笑っているところに、槇嶋が入ってきた。

「あ、いた。早上がりかと思った」

柊哉はそれには答えず、簡単な返信を送ると、スマホをロッカーに戻した。

「…さっきの、誰？」

「は？」

「カフェで一緒だった人」

聞かれるとは思わなかったので、ちょっと慌てた。

「え…なんで…」

弁護士だと知られたくなかったので、言葉を濁してしまう。

「知られたらまずい相手？」

「…おまえに関係ないじゃん」

その言葉に、眉がくいと上がった。

「そういうこと云うんだ？」

目の奥がキラリと光る。…なんか、怒ってる？

「まさか、彼氏じゃないよな？」

意外すぎて、柊哉は一瞬固まってしまった。

「…は?」

そんな柊哉の反応に、槇嶋の目が不快そうに歪《ゆが》む。

「二股とか、ふざけんなよ?」

どきんと、心臓が跳ねた。それは、どういうこと?

そのとき、ドアが開く音がして、ロッカールームに遅番の上原が入ってきた。

「ちーす…」

「…おはようございます」

槇嶋は振り返ると、上原に挨拶をする。

上原は二人の雰囲気がどこかピリついているように感じたらしかった。

「おう。…なんかあった?」

「いえ、なんも…」

槇嶋はいつもの笑みを浮かべると、軽く会釈をして部屋を出ていった。

「何か?」

上原は柊哉にも聞いたが、柊哉も肩を竦めただけだった。

それでも、槇嶋の反応が気になった。

まさか、嫉妬…？　いや、それはないだろ。さすがにそこまで厚かましくはなれない。

「シェフ、ちょっといいすか？」

上原はため息をつくと、柊哉の傍《そば》に来た。

「…なに？」

「実は今チビの保育園でインフル流行ってて…」

上原には三歳の娘がいた。

「え、九月入ったばっかなのに？」

「そうなんすよ。なんか先月の下旬あたりから局地的に流行ってるって。チビのクラスはまだ感染者は出てないのでとりあえず通わせてます。感染者出たら休ませるつもりですが…」

「わかった。万一の準備はしとくよ」

柊哉は上原が休む可能性を考えてシフトを調整する。

彼の娘が感染したら、上原までもう待ったなしだ。家庭内の感染を食い止めるのは難しい。

「すんません」

「そんなん、気にすることじゃないぞ」

一人が休んだくらいでパニックになるようなシフトは組んでいないつもりだが、この時期は遅い夏休みをとるスタッフもいて、調整が難しい。ただ、その分予約を受ける人数を減らして対応していた。

「もしできれば、明日の仕込みも頑張ってほしいけど…」

「そのつもりです。今のとこ、うちは皆元気なんで、残業も平気っす」

「助かる。よろしく頼むよ」

ここ数日母親のことや借金のことが頭を占めていたので、仕事のことに集中できるのはありがたかった。


夜の部のラストオーダーの時間も過ぎて、厨房を片付けているときに電話があった。

「シェフ、鈴木《すずき》さんと仰《おつしや》る方が」

「鈴木？」

店の電話に柊哉宛てにかかってくる電話は業者が殆どだ。とはいえ、業者の電話がこの時間帯にかかってくることは稀だ。柊哉は少し意外そうに電話を換わった。

「…お電話換わりました、神野です」

『ああ、神野柊哉さん？　オフィス柿本の代理の者です』

丁寧な口調だったが、それを聞いた柊哉の背中に汗が流れた。

「……」

『もしもし、聞こえてますか?』

「あ、し、失礼しました。聞いてます」

慌てて返す。矢田が連絡してくれていると思っていたが、行き違ったのだろうか。いや、その前になぜこの店に…。

『実はね、柿本さんがいきなり弁護士サンから連絡来て気分を害しておられるんですよ』

「え、それは…」

『こちらに挨拶もなくいきなり弁護士って、ちょっと常識なさすぎませんか?』

それだけでこの相手こそが常識が通らない相手だということがわかる。今は弁護士が介入した時点で債権者と接触することが違反になるのだ。だから金融業に登録している業者であれば決してこんな取り立てはしない。しかし、闇金はおかまいなしなのだろう。

そして、この店のことが知られてしまっていることに強い不安を感じて、柊哉のケータイを持つ手は汗ばんできた。

『弁護士サンに頼むお金があるのにうちに返せないってどういうことでしょうねえ? ちょっと会って話したいんですが…』

柊哉は他のスタッフに聞かれたくなくて、食糧庫に移動した。

「あの、そういうことは矢田弁護士にお願いしていて……」

『それはおかしいでしょ。自分でちゃんと話をしないと』

そのための弁護士だ。だが、相手もそんなことは百も承知で脅しているのだろう。

『幸い、そちらはお店をやっておられるようなので、お店にお伺いしてお話をさせてもらうのでも…』

「み、店には来ないでください」

慌てて返す。相手はふっと笑った。

『それは貴方しだいですね。うちだって全額すぐにとは云いませんよ。返せる額から少しずつでもかまいません』

それが彼らの手なのだろう。それには乗らない。一円だって返してしまったら返済意思があるとみなされることを柊哉は知っていたし、矢田からも当然注意は受けていた。

「とりあえず、要件は弁護士を通して…」

『なるほど、そういう態度ですか。これは直接お会いしないとご理解いただけないようですね。近いうちにそちらのお店にお伺いします』

「それは困ると…！」

『では、そのときに』

電話はそう云って切れた。

なんてことだ。こんなのは脅迫だ。

またかかってくることのないよう、その番号を着信拒否にした。そして自分のケータイで、矢田に電話をした。

矢田は柊哉の職場はもちろん教えていないし、脅迫の疑いもあるので先方に注意をしておくと云ってくれたので、ほっとして電話を切った。

それでも店のことが知られてしまったことのダメージは大きかった。相手がちゃんと登録しているような金融業者なら嫌がらせの心配はないが、どうやらそうではなさそうだ。

嫌な予感が当たってしまった。

もし、本当に店に嫌がらせに来たら…。

とりあえず店長に相談しておいた方がいいのかもと思って、ホールを探す。

「シェフってば、人に注意ばっかしてるけど、自分もけっこう仕事中に私用電話するよねぇ」

「ほんと、自分だけ棚上げなんだよね、あの人」

床掃除をしていたスタッフたちは柊哉の悪口の真っ最中のようだ。その中に槇嶋もいることに気づいて、居たたまれない気持ちになる。

「シェフ、何か用ですか？」

柊哉に気づいた槇嶋が、彼女たちをちらっと見た。

女子スタッフたちは慌てて口を閉じた。が、そのうちの一人がばつが悪いのか、不快そうに柊哉を見る。

「…やだ、盗み聞き？」

柊哉は敢えてそれを無視した。

「店長、どこにいるか知らない？」

「会社に用があるみたいですよ。今日は戻らないって確かお昼に…」

「あ、そうか…」

借金の件に気を取られていて、そのことを忘れていた。

「…わかった。ありがとう」

柊哉は厨房に戻って、翌日の準備をしながら、じわじわと落ち込んできた。

あんなふうに自分が悪く云われているのを、槙嶋は日ごろから聞いているのだということを目の当たりにしたのだ。

それについて槙嶋は下手に同調はしないものの、それでも庇うこともない。それはそうだろう、下手に庇うと自分の立場も悪くなるのだから。というより、庇うも何も槙嶋も自分のことをそんなヤツだと思っているのかもしれない。

誤解されるのは辛い。言い訳したいけど、そんな機会もなさそうだ。

私用電話なんて、かけることもかかってきたことも、今までなかった。今回のは例外中の例外だ。

ときどき業者から名指しで入る電話を勘違いしているのかなんだか知らないが、休憩時間も仕事がらみのことで潰れている自分に、そんなことを云い出すスタッフがいたことにため息が出た。

しかし、今はそんなことをいちいち気にしてる場合じゃない。一日も早くこのことを片付けないと。

もし店まで来られたら…。それくらいなら払うことにした方がいいのかもしれないなどと、考えてしまう。

いやいや、職場に脅しに来たらそれはそれで威力業務妨害とかになるはずだ。いくらなんでもそこまでしないだろう。そのくらいの理性があることを祈った。

その翌日、槙嶋が友人の会社の応援のために、暫く休みをとることを店長から聞かされた。

「そうなんだ…」

一週間程度とのことらしいが詳しいことはわからないらしく、柊哉は落胆した。それは次の発情期が迫ってきていたせいだ。

もちろん槇嶋はそんなことは知らないだろうし、そもそも上原が休むことになったらそれどころではないのに、何を考えているのだ。

槇嶋の戯言《ざれごと》にいちいち翻弄されて、勝手に落胆してしまっている自分に呆れてしまう。むしろ発情期に槇嶋と離れている方が安心だし、これまでの発情期と同じように過ごせばいいだけの話だ。厨房を預かる立場の自分にとって、そのことの方が歓迎すべきことだ。

そもそも今はそんな状況じゃないだろう。借金の件だって何も片付いていない。筆跡鑑定をすることになったら、また何十万もかかるのだ。それを考えるだけで気分が滅入る。

もしそれでも認められなかったら…。三百万…いや四百万か…。それを自分が返さないといけないなんて…。

自分にはこの店のシェフは分不相応だったのかもしれない。まともな店で働けていることにすっかり浮かれて、住民票を移したりしなければ、居場所を突き止められることもなかった。人並みに生きていけると考えたのが間違いだったのかもしれない。

いつ店が潰れるか、仕事をなくすか、寝場所をなくすか、ずっと不安な中で生きてきたが、やっとそんな境遇から抜け出せると思ったら、こんなことが待っていたなんて。

やりきれなかった。

予想どおり、上原はインフルエンザから逃れることはできなかった。

「上原くん、今週いっぱい休み。インフルだって」

店長が、出勤してきたスタッフに告げた。

この店では発熱している状態で出勤することは許されない。従業員に感染するだけでなく、客にも被害は及ぶのだ。なので、症状が出た日から数えて少なくとも五日間は出勤停止にしていて、その間の給与は保証される。それは柊哉が会社に強く訴えてルール化してもらったものだ。

もちろん自分の身分が不安定だから黙っていられなかったということもあるが、結果的にはその方が店の損失もずっと小さく収まると考えたからでもある。

インフル対策ができていないせいでの経済的損失というのは既にはっきりと数字で表れているのに、なかなか実践されない。

これまでの職場では鼻で笑われてきたが、それでも諦めずに訴えてきて、ようやっとこの店で認められた。

本店でも毎年の感染は問題になっていたが、なかなか徹底させられなかった。それを柊哉の強い訴えで実現させた。

「感染症の欠勤は有給としないと、結果的に会社の損失は大きくなります」

柊哉はそれを簡単な計算で説明してみせたのだ。

最初の一人で感染を止めることで、数珠つなぎのような感染の連鎖を止めることができる。店を感染源にしないことで、客からの信頼を得られる。

特に本店のようなセレブが多く集う場では、インフル対策ができていることは大きな信頼に繋がると判断された。

しかしその経緯を知っているのは会社でも少数だ。ただ会社のルールとして決められたものであって、それ以上でも以下でもない。

「ランチは前菜を冷製のものに変えよう」

盛り付けるだけのメニューに変更して、それに合わせて急いで準備をする。

「夜もアラカルトのメニューを減らして効率よく回す」

予め上原が相談してくれたおかげで、仕入れも調整できている。

「上原のとこ、吉田が入って」

「…うす」

いつものように、皆で淡々と準備を進める。

そんな状況で、また柊哉に電話があった。

「シェフ、オフィス柿本の鈴木さんて方が…」

矢田から注意がいってるはずなのに…。前にかかってきた番号は着信拒否にしている。それなのにまたかかってくるとは…。

「今、手が離せないので、あとで折り返すと。番号聞いておいて」

そう返したが、暫くしてそのスタッフが困惑した顔で柊哉に耳打ちした。

「あの…、シェフに借金があるの知ってるかとか聞かれて…。早くお金返してくださいって伝えておいてくれって…」

柊哉の手が止まった。

「…シェフ、大丈夫ですか？」

「…悪かったな、ちゃんと連絡しとくから」

そう答えるしかなかった。

最悪だ。口止めした方がいいのかもしれないが、そうすることでよけいにやましいように受け止められるのではないかと思って、何も云えなかった。

矢田の忠告が逆効果になっている気がする。あとで、もう一度矢田に相談しなければと思いつつも、とりあえず作業を続けた。

その日はそれで終わったが、翌日以降、毎回違う番号で鈴木と名乗る人物から、借金返済を迫る電話が何度もかかってきた。その中には女性の声もあったのだ。

スタッフたちの間に不信感が広がっていく。

そんなときに、店長が退職することが告げられた。

「急なことで申し訳ないんだけど、いろんな事情が重なって妻の地元に戻ることになってね。そちらで仕事も見つかりそうなんで…」

柊哉には寝耳に水だったが、それはスタッフたちもそうだったようだ。

店長には不満もあったが、それでもいくつか目を瞑ればそれほどやりにくい相手ではなかったので、柊哉は少し複雑な気分だった。

しかしそれよりも柊哉がもっと複雑な気持ちになったのは、店長に対するスタッフたちの高い評価だった。彼らは店長の退職を心から残念がっていて、何とか続けてもらえないものかと云い出す者までいたのだ。


「店長辞めるなんて、ショック…」

「まさか、シェフが追い出したわけじゃないよね？」

「さすがにそれはないでしょ。知り合いのお店手伝うって話だし」

「あーあ、シェフの権限が強まったら、やりにくくなるなあ。シェフのヒステリーを店長が抑えてくれてた部分も大きかったし」

仕事あがりにいつもの面子《めんつ》で飲みに行ったサービスのスタッフたちは、柊哉に不満を募らせていた。

「ねえねえ、本店に引き抜かれた芦原《あしはら》くんのこと覚えてる？」

「芦原？　ちょっと風変わりで、けどめっちゃ仕事できる人だよね。シェフとは折り合い悪かったみたいだけど…」

「そうそう。本人もシェフに追い出されたって云ってるし。まあ、結果本店行けてラッキーって感じらしいけど」

「だよねえ。私も本店行きたいもん」

確かに柊哉は芦原とは折り合いは悪かったが、彼の仕事ぶりは認めていた。だからこそ煩く指導もしたのだ。

できないスタッフには最小限のことしか求めないが、できる者にはもっと高いレベルを要求する。それが本人には不満だったようだ。なんで自分だけ文句を云われるのかと、たびたび愚痴っていた。

しかし柊哉はそんな不満など無視して、常に全体を把握することを彼には求めた。

そのことが本店でも充分に役に立っているはずなのに、どうも芦原は柊哉のおかげではなく自分の実力だと思っているらしかった。

それはともかく、性格は少々難ありでも手先が抜群に器用で接客技術も高い芦原なら、本店でも務まるのではと思って柊哉は緒方に推薦したのだ。この店よりもずっと条件はいいし、むしろ彼には向いていると思ってのことだ。

なのに、追い出されたと本人が思っているとは…。

「こないだ久しぶりにラインくれてさ、シェフと会社との間でバイトの時給高過ぎって話があったらしくて、それを店長が止めてくれたらしい」

それには、同席していた面子が全員憤慨した。

「え、何それ。シェフ、自分はやばいとこに借金したりして迷惑かけてんのに、うちらの時給下げようとしてんの？」

「そうなんだよ。呆れるでしょ？」

「高すぎるって、失礼すぎじゃない？」

「ひどすぎるー。でも店長止めてくれたとか、いい人すぎ」

「うちの店長、話わかるし、シェフみたいにうるさく云わなくてやりやすいのに…。やめるのがシェフならよかったのに」

芦原を緒方に推薦したのは柊哉だが、それを受けて本人に本店への異動を進言したのは確か店長だった。それで芦原は店長に恩を感じているのかもしれない。

結局彼らは口煩く指導する柊哉よりも、適当にスタッフをおだてて責任をとることもしない店長をいい上司だと思うのだ。


上原が休んで既に四日目で、今朝は熱が下がったので明後日には復帰できるという連絡を受けて、肩の荷を下ろしたところだった。

出勤してくると、ロッカールームに槙嶋の顔があった。

久しぶりに見ると、やっぱりイケメンで柊哉は胸が高鳴った。

「…店長やめるらしいですね」

槙嶋は柊哉を見るなり、そう云った。

「ああ、そう。本人から聞いてた？」

「いや、…グループラインで」

バイトたちとのグループなのだろうか。一瞬口ごもったのは、もしかしたら自分の悪口が書き込まれているせいだろうなと思う。

「そっか。俺も、店の今後のこと何も聞いてなくて。まあいざとなったら本店から誰か来るんだろうし」

「店長、今日休みなの？」

「そう。まあ前もって決まってた休みだから」

「上原さんもインフルだって？」

柊哉は頷いた。

「でも明後日には復帰できるって」

「俺もさっき熱測ったよ。発熱したら出勤禁止なんだって？　ちゃんとしてんだな」

「ま、飲食業だからな」

もちろん、自分が提案したことなんだといちいち云うつもりはない。

槇嶋が何か云おうとしたところに、柊哉のスマホが鳴った。確認すると矢田からだった。

「あ、ごめん…」

柊哉は一言断ると、ロッカールームを出て電話をとった。

矢田によると、オフィス柿本は鈴木と名乗る人たちのことはまったく知らない、取り立てを頼んだ覚えなんかないし、勝手にやってることだと突っぱねられたという。

更に矢田は柊哉が控えておいた最初の番号にも電話してくれたが、知り合いの知り合いから愚痴を聞いて力になりたいと思っただけで、柿本とは直接知り合いじゃないと云っているようだった。

『もちろんそんなはずはないんだけど、今のところ結びつけるものがなくて。知り合いじゃないなら取りたてのような真似はやめるようには云っておいたけど、笑っていただけだった』

質の悪い仲間が絡んでいて、違法を承知でやっているようだ。

『他の番号にもかけてみたけど、自分は電話してない。飲んだ店でケータイ勝手に使われたみたい、酔ってたからよく覚えてないって、皆似たようなことを云ってる。とりあえず、今後も記録はとっておいて』

柊哉が思っていた以上に面倒な相手のようで、ため息しか出ない。

それでもその日はそんな電話もなく、なんとか夜の部もこなして、ピークが過ぎたころの時間に事件が起こった。

「シェフ、鈴木さんと仰る方がシェフにお会いしたいと…」

サービス担当の井出《いで》が遠慮がちに柊哉に声をかけると、厨房が一瞬しんとなった。もうスタッフは全員知っているのだ。老若男女関係なく、複数の鈴木と名乗る人物からのシェフへの借金取り立ての電話のことを。その鈴木たちが、とうとう店にまで訪れたのだ。

「…わかった。すぐ戻るから…」

柊哉はエプロンをとると、ホールを横切って店の玄関に出た。

いかにもヤクザっぽい強面の男が、若い男女を連れて店の前にいた。それを見ただけで柊哉は竦み上がった。それでも逃げるわけにはいかない。

「神野さんですね。せっかくなのでこちらで食事をと思ってね」

男はサングラスをとると、鋭い目で笑ってみせた。柊哉は震える手をぎゅっと握った。

「…すみませんが、既に予約で満席なので」

「そのようですね。繁盛しているようで何よりです」

鈴木はそう返して、同行のキャバクラ嬢のような女性を店に案内しようとする。

「神野さんはきっと私たちのために席をとってくださるはずだから…」

それを柊哉は慌てて止めた。

「そういうわけには…」

「お客様にも事情を聞いてもらって、私たちが間違ってないか確認させてくださいよ」

「や、やめてください」

柊哉の声は上ずっていた。

「そちらが誠実に対応してくださらないから、仕方ありませんね」

「あ、あの、オフィス柿本さんは、貴方たちとは無関係だと」

「ええ、そうですよ。これは善意でやっていることです。柿本さんは関係ありません」

ニヤニヤ笑って返す。

「貴方たちの対応があまりにひどいので、見かねて手を貸してるわけですよ」

「そうそう。親が金借りてるのに、子どもが返さないとかあり得ない」

髪を短く刈り込んで、腕にタトゥーを入れた男が口を出す。

「で、ですから、弁護士に任せていると…」

「話になりませんね。貴方がきちんと対応してくださらないと。さあ、お客様にも聞いていただきましょう」

「ちょ、やめ……」

強引に中に入ろうとする。

「それとも、今ここですぐに返済していただけますか。もちろん今日は手持ちの分だけでかまいませんよ。一万円でも五千円でも」

柊哉は足が震えてきた。彼らはこういうことに慣れているのだ。本気で店で喚きたてるつもりだ。営業妨害になろうと、それで留置されたとしても屁でもないと思ってそうだ。

「け、警察を呼び……」

「呼べば？　お金返さないのはそっちでしょ？」

キャバ嬢風の女性が柊哉を睨み付ける。

「あんたね、この人が優しいからって舐めないで。貸したものは返してもらうわよ」

鈴木がにやっと笑ってドアに手を伸ばす。その前に柊哉は立ち塞がった。

「…お引き取りください。ご予約のお客様以外は……」

声が震えて上ずっている。それを見て、鈴木たちが笑い始めた。

「これは勇ましい」

「お引き取りください、だあ？　そういうのは返すモン返してからだろうが！」

男が柊哉を威嚇する。

柊哉は膝が震えるくらい怖かった。これまでもこういう手合いには近づかないようにしていたし、巻き込まれそうになる前に逃げてきた。しかし今逃げるわけにはいかないのだ。

彼らを中に入れるわけにはいかない。そして何とか追い返すことができれば、もうここで働くことは諦めよう。これ以上迷惑をかけたくなかった。

そう決意する柊哉の腕を、男が乱暴に掴んだ。

「どけよ！」

「は、離してください」

柊哉はその腕を振り払おうとしたが、男はニヤニヤ笑いながらきつく締め付けてくる。柊哉の眉が寄った。

「い、痛い…」

そのとき、ドアが開いた。

「シェフ、何が……」

スタッフから事情を聞いた槙嶋が、様子を窺いに来たのだ。

腕を掴まれている柊哉の姿を見て、槙嶋のまとう空気が変わった。

「おい、何してんだ…」

圧倒的なオーラを全開にして男を睨みつける。

「離せ。なに、人のモンに手出してんだ」

怒気を含んだ鋭い目に気圧《けお》されて、男は思わず手を離した。

槙嶋は自由になった柊哉を引き寄せる。

「なにされた？」

柊哉の答えを聞く前に、柊哉の腕にくっきり残った指の痕に気づいた。

「…おまえ、何してくれてんだ」

「ま、槙嶋…」

「ただで済むと思うなよ」

暴力に慣れているような相手だったが、それでもアルファのオーラに怯《ひる》んでいる。それは本能的なものなのだろうか。

が、鈴木もこのままずごすご引き下がるのは、ケチなプライドが傷つくようだ。

ちらっと自分の背後にいる一番若い男に視線を送る。男ははっとして、狂犬のように吠え立て始めた。

「そ、そいつはな！　こっちに三百万の借金があんの。利息入れたらもっとだ。俺らはそれを支払ってもらうために…」

「だ、だから弁護士にちゃんと頼んでる。なのに…」

柊哉は必死に云い返す。

「弁護士関係ねえ！」

狂犬の怒声に、柊哉は竦み上がった。

「あんたに払ってもらうのが筋なの。弁護士とか関係ねえから」

その脅しに、槇嶋はバカにしたように笑ってみせた。

「関係ない？　ここは法治国家なんだが。ああ、法治国家の意味わかるか？」

「てめえ…」

狂犬は槇嶋の挑発に簡単にのせられて、ナイフを取り出した。

それに気づいた槇嶋は、少し驚いた顔をして後退った。それで槇嶋が怖気づいたと思ったらしい狂犬は、調子づいてニヤリと笑う。

「後悔させてやる」

「ばか、やめろ」

鈴木が止めるのもきかずに、柊哉に飛びかかった。

「柊哉！」

槇嶋は柊哉を庇うように前に出て、腕で防御する。ナイフは槇嶋の袖を切り裂いて、シャツが血で濡れた。

「ま、槇嶋っ……！」

悲痛な声を上げる柊哉に安心させるように微笑んで見せると、次の瞬間に反撃に出た。

再び切りつけようとする男の腕を掴むと、そのまま捻じ曲げた。

「い、いてえええ。離せ！」

ナイフが落ちて、槇嶋はそれを足で踏む。

「はい、現行犯逮捕」

鈴木たちが身構えるのを、槇嶋は冷静に目の端に捕える。

「きみらも現行犯逮捕されたいのかな。相手になるけど？」

槇嶋は、半グレのような男たちを前にしてもまったく怯むことがない。

「てめえ…」

「ああ、先に云っておいてあげるけど、防犯カメラ、ドアの前だけじゃなくてオーニングの脇に取り付けたのと二つあって、全員がちゃんと録画されてるからね」

そう云って、日除けテントを指さす。男たちは慌ててそこを見上げた。

「もうひとつ。既に通報してるけど、それでもよければ…」

槇嶋が云い終わる前に、鈴木が顎をしゃくって引き上げる合図を見せた。

「…ただで済むと思うな」

「おっと、それは脅迫だね。忘れないから」

槇嶋は笑いながら返すが、目は笑っていない。

鈴木は舌打ちをすると、急いで路上に止めた車に戻っていく。

「ま、待ってくれ…」

慌てて自分も逃げようとする男の腕を、槇嶋は再度捻りあげた。

「い、いてえって！」

男が叫ぶのも無視して、鈴木たちは彼を見捨てて車を出した。

「あーあ、置いてかれちゃったね」

じたばたする男を同情を含んだ目で見る。

「柊哉、紐か何か持ってない？」

「え……」

柊哉が慌ててポケットを探る。ブロック肉を縛るときに使うタコ糸が出てきた。

「ああ、ちょうどいい」

槙嶋は後ろ手に縛り上げると、柊哉にも手伝わせて足首も縛った。

「これで警察来るまで…」

そうこうしているうちに、サイレンは鳴らさずパトランプだけを点灯させたパトカーが二台で到着した。

柊哉はようやっと胸を撫で下ろすと、その場にへたりこんだ。

「よ、よかった」

「大丈夫？」

槙嶋が手を貸してやる。

すぐに警官が降りて来て、槙嶋に敬礼した。

「槙嶋さんですね。榎本《えのもと》副署長がよろしくと」

それを聞いて、柊哉がぎょっとした。副署長って…。

「ありがとうございます。緊急時なので祖父の名前を使ってしまって…」

「いえ。…それより怪我をされていますか？」

「ええ、こちらの方に…。他の方たちはさきほど引き上げてしまわれましたが、車のナンバーは覚えています」

云いながら、縛られている男を指す。

「お、俺はなんもしてねえ！」

「…話は署で聞く」

警官はちらっと男を見たが、すぐに槇嶋に視線を戻した。

「手当ては…」

「もう血は止まったようなので大丈夫です。…ちょっと、いいですか？」

警官に了解をとると、柊哉を振り返った。

「…こっちは俺が話しておくから。…店、戻れる？」

柊哉は我に返ったように、しゃんとした。

「あ…うん。…ありがとう」

「…槇嶋、血が……」

「うん、でも大したことないから」

ぼそぼそと小声で囁く。

「あ、そうだ。弁護士の連絡先って今わかる？」

「今は…、ケータイ、ロッカーだし…」

「名前と事務所の場所は…？」

住所はうろ覚えだが、最寄り駅はわかるのでそれを槇嶋に告げる。

「わかった。うちの弁護士が事情聞いていいよね？　悪いようにはしないから」

柊哉は躊躇したものの、既に槇嶋を巻き込んでしまっているし、もう自分だけではいっぱいいっぱいだったので、頼ることにした。

「それじゃあ、あとはよろしくね」

槇嶋の言葉にしっかりと頷くと、急いで厨房に戻った。

事情がわからない厨房は、柊哉が抜けたことで調理が滞ってパニック状態だった。

「わあ、シェフ戻ってきた…！」

「ごめん。どこまで出た？」

吉田とオーダーを確認して、必死でリカバーする。

気になることはたくさんあったが、それはとりあえず後回しにして頭から追い払うと、目の前のことに集中した。

そして何とか最後の客を送り出して、柊哉はほっと緊張を解いた。

が、それで終わるわけではなかった。

柊哉が片付けていると、大久保たちが厨房に集まってきた。

「シェフ、さっきの何なんですか…」

「お店にやばい人が来たって聞いたんだけど、まさかまた来るとかないでしょうね？」

「槇嶋くん、出ていったきりだし…」

「井出ちゃんの話だと、ヤクザっぽい人たちだったって。私ら、帰りに待ち伏せされたら…」

「借金ってほんとなんですか？」

次々質問責めに合ってしまう。

「あの…、迷惑かけてごめん。不安な人はタクシー使ってほしい。領収書もらっておいてくれたら実費負担するので…」

その柊哉の返事に、スタッフはまるで納得できないようだった。

「今日だけのことじゃないでしょ？　また来たらどうするつもりなんですか？　ちゃんと解決したんですか？」

「何回も電話かかってきてたのに…。お店に迷惑かかるって思わなかったのかな」

「ほんと、無責任なんだから。早瀬の件も、シェフに謝ってもらってないって云ってましたよ。

アレルギー対応の。シェフのミスなのに早瀬のせいにされちゃって…」

「会社はこのこと知ってるんですか?」

「会社はダメだよ。シェフと組んで、私らの時給下げようとしてるんだから」

柊哉は驚いて、スタッフの顔を見た。

「ちょ…、それどういう…」

「私ら知ってるんですから。ほんと最低」

それを聞いて、他のスタッフたちもざわついている。

「シェフ、ほんとなんですか？」

「説明してください」

「バイトを守ってくれる店長もやめちゃうし…」

「シェフがやめて店長に残ってほしいって、みんな云ってますよ」

その言葉に、柊哉は絶望的な気持ちになった。

もういい。どうせ辞めるつもりだったし、これで店に迷惑をかけずに済む。そう思ったときだった。

「それ、違う」

突然口を挟んだのは、槇嶋だった。

「守ったの、店長じゃないよ」

全員が驚いて、振り返った。

「槇嶋くん、大丈夫？」

「ケガしたって…」

「ああ、平気」

笑って返すと、もう一度云った。

「今の話、時給の値下げを阻止したの、店長じゃなくてシェフだよ」

「は？　どういうこと？」

大久保が思わず聞いた。

「俺と店長が呼ばれて専務から提案されたの。俺は事情がよくわかってないし、店長は会社に逆らわない人なんで、まあ仕方ないのかなって感じだったんだけど、シェフにそれを云ったら猛反対されちゃってさ」

槇嶋は軽く肩を竦めた。

「経費削減の必要なんかないって、頭から大反対。時給が高すぎるって言い分に、なんだっけか…、ああそう、それなりの時給をもらってるってプライドで保たれる質ってのがあるんだって。そんな感じのことを…」

サービスのバイトたちが驚いて柊哉を見る。

「この店では以前から靴の規定はないんだけど、それでも敢えてヒールで接客する女優魂っていうの？　いや、シェフはそうは云ってないけどね。そういうのは評価すべきだとかそんなことを…。もちろんヒール推奨とかそういうことじゃなくてね」

大久保が黙り込んだ。自分たちが好きでやってることで、そのことを会社に評価してほしいと思ってるわけではなかったが、それでもちゃんと見てくれている人がいることを初めて知ったのだろう。

それは彼女以外のアルバイトスタッフも同じだった。

「ついでだから云うけど、アレルギー対応のこと、俺がみんなから聞いた話と会社宛ての報告書の内容が食い違ってるんだよね」

「え、だってシェフも謝ってたし…」

「伝票確認したんでしょ？」

ぼそぼそと確認し合う。それを聞いて、槙嶋はやんわりと続けた。

「報告書を書いたのは店長なんだけど、早瀬さんがアレルギーの注意を書き洩らして、それをごまかすのにあとで書き入れたってはっきり書いてある。確かに、防犯カメラの映像でも確認できるんだよね」

「どういうこと…」

「報告書では、店長が個別指導して今後も注意していくって。それなら当然彼女の方からシェフに謝罪してるって思うよね。けど、なんか逆のことになってるし。皆、誤解したままだし」

「早瀬、まだシェフに謝ってもらってないって云ってたよね」

「私も聞いた。誰かが、シェフに謝ってもらったって聞いたんだよね。そのときにまだだって。もう今更どうでもいいけどって…」

皆が困惑げに顔をしかめる。

「これって…店長、指導してないよね」

「バレた時点でやめるよね…。店長が報告書出しただけで…」

彼女たちも、ようやっと事態が呑み込めてきたようだ。

「私ら、騙されてた？」

「芦原も適当なことを…」

バツが悪い悪いのかぼそぼそと声を潜める。その中で大久保が意を決したように頭を下げた。

「シェフ、私…。すみません…。私、ほんとにひどいことを…」

それを見て、他のスタッフも口々に謝罪する。

「や、もういいよ。俺もうまく説明できなくて…。誤解を招くようなことになっちゃって…」

ぼそぼそと返す柊哉に、それまでずっと黙っていた厨房の吉田が口を開いた。

「シェフは悪くないですよ！　俺も…なんか違和感あったのに、シェフの側についたら自分も悪く云われそうなのが嫌で、黙ってた…。俺も最低です。すんませんです」

吉田はがばっと頭を下げた。

「皆は事情知らなかったから仕方ないよ。…それと借金に関してはほんと申し訳ない。迷惑かけて…。またあんなことになったら、責任取って辞め…」

そこまで云って、柊哉はちょっと唇を噛んだ。

決心していたつもりだったけど、口にすると一気にリアリティが増す。ここを辞めたら自分はどこに行けばいいのか、そんな不安が一気に押し寄せてきて、精神が不安定になってしまう。

「えっと、適当に片付けて。時間になったら途中でも帰ってもらっていいから…」

それだけ云って頭を下げる。そして、急いでトイレに駆け込んだ。

「シェフ大丈夫かな…」

「シェフ、何にも云わないから…。私ら、ひどいこといっぱい云った…」

槇嶋から聞いたことを柊哉本人の口から聞いたとしてもたぶん信じなかっただろうことは、彼女たちにもわかっていた。

「借金のこと、よくわからないけど、会社に頼んだら何とかならないのかな…」

「カンパするとか…。あとほら、さっきの人たちやばそうだから、借り換えとかっていうの？　そういうのとか…」

そう云って槇嶋を見る。

「うん。俺からも聞いてみるよ」

彼女たちを安心させるようにそう返すと、皆を促して掃除にかかった。

「お疲れ。もう帰れる？」

皆が帰ったあと、既に私服に着替えて一人厨房に残って日誌をつけている柊哉に、槇嶋が声をかけた。

「…まだ帰ってなかったのか？」

「うん。ここだと邪魔になるから、車で弁護士と話してた」

槇嶋は椅子を寄せて柊哉の前に座った。

「あれ、組関係というよりは半グレっぽいな」

その言葉に柊哉はがくんと肩を落とした。

「やっぱり？　俺もそう思った。最悪だな」

半グレと呼ばれる、所謂ギャング集団は暴力団よりも法規制が緩い。それを利用して勢力を拡大している。構成メンバーの年齢が若くゲーム感覚で犯罪行為を行うところが、懲役刑を避けようと損得勘定をする暴力団と違って、始末に悪い。

「心配しなくていい、警視庁にはいろいろコネがある。このあたりの巡回を増やしてもらうことになってるし、車のナンバーから個人を特定もしてるようだ」

そう云われても、柊哉はまだ不安だった。

「この件は警察に任せよう。あいつら警察をバカにしてるようだけど、本気出したときの警察組織がどのくらい怖いかも知ってるはずだ。実際、ちょっと前の一斉検挙で組織解体に近いとこまでいったわけだから。ここのオーナーが警視正に顔が利くとわかった時点で、向こうも嫌がらせからは手を引くはずだ」

「警視正…」

柊哉は思わず呟く。

「それはそれとして、矢田弁護士の話だと借用書自体は違法性がないので、こっちの件を片付けないといけない」

「あ、うん…」

そうなのだ。自称鈴木が退散したところで借金の問題そのものは何も片付いていない。

「うちの弁護士の見解を話しておくと、筆跡がかなり似てるから、裁判をやったときに本物だって鑑定する鑑定人はいるだろうって。筆跡鑑定人ってレベル差大きいから、その程度には信憑性がないものらしい」

「…うん」

「あくまでも自分のものではないと主張するなら、私文書偽造で訴える方法もある。ただそれだとお母さんが…」

柊哉は黙って頷いた。そのことは考えた。何度も考えた。

「母に前科が付くとかそういうことだよね」

「…ああ」

「薄情に聞こえるかもしれないけど、それ俺が気にすべきことなのかな」

柊哉は槇嶋から目を逸らした。本当に自分が薄情に思えたからだ。

「俺も考えたよ。母にも事情があるんじゃないかとかさ、育ててくれたじゃないかとかさ。けどね、それで許そうって気に全然なれないの。俺はきっと薄情なんだな」

槇嶋は首を振ると、調理台の上に置かれた柊哉の手をぎゅっと握った。

「そんなことない。あんたが自分を責める必要なんて、まったくない」

「でも…」

「緒方シェフに少し聞いたけど、あんたは自分だけの力でここまで頑張ってきたんだ。それを奪う権利は、誰にもないんだよ」

その言葉に、柊哉は胸に閊《つか》えていたわだかまりのようなものが、溶けていくような気がした。

「俺……」

「柊哉がそれで苦しむことがないなら、その決断は間違ってない」

ほっとして、涙が溢れてきた。

自分が払う必要などないと思いながらも、そうしないことで親を犯罪者にすることは、親を裏切ることになるのではないかとどこかで怯《おび》えていたのだ。

仮に自分が全額支払ったところで、感謝などするはずもない親なのに、それでも薄情なことなんだと思うと、辛かった。

槇嶋が、そんな柊哉を間違っていないと肯定してくれた。そのことに、たまらないほどの安心感を覚えたのだ。

「複数の筆跡鑑定書をつけて私文書偽造で訴えれば、印鑑証明もないし、既に家を出て住所は変わってるしで、おそらく訴えは通るだろうって。柊哉がいいなら、すぐに書類を作って最優先で扱ってもらうようにする」

柊哉は頷いたが、それでもまだ不安が消えたわけではなかった。

「…けど、それでさっきの奴らが手を引くかな。そもそも、弁護士が窓口になったのを無視してるような奴らだし」

「とりあえず、明日うちの弁護士がオフィス柿本にアポを入れてくれることになって。そのときに手の内を見せてみるって云ってる。それと店にかかってきた嫌がらせの電話の相手も全部調べてくれる。どういう繋がりがあるのかわかるし。録音は脅迫の証拠になる」

個人事務所の矢田と違って、槇嶋の弁護士は機動力もあるし警視庁にコネもあって、柿本に揺さぶりをかけるつもりのようだ。

「…もしかして、弁護士費用が大変なことに……」

不安そうな柊哉に、槇嶋は軽くウインクして見せた。

「彼氏が金持ちでよかっただろ？」

そのウインクがあまりにも魅力的で、それは柊哉の中心を直撃した。

「か、彼氏って…」

頬を紅潮させた柊哉に、槇嶋は目を細める。

「なに照れてんの？」

「て、照れてるわけじゃ…」

槇嶋はクスクス笑いながら、重ねていた手を離して立ち上がった。

「弁護士から連絡があるのは、明日以降だから、今日のところは帰ろうか」

「あ、うん…」

柊哉も立ち上がる。

「とりあえず、用心のために暫くはうちにいるのがいいと思う」

「いや、そんな迷惑をかけるわけには…」

「なんで迷惑？　そんなことより、そろそろでしょ？　さっき、ふわっと匂いしたよ」

槇嶋はぐっと距離を詰めると、柊哉の耳を軽く齧る。

「ちょ……」

「…っと、ここ防犯カメラあるんだよね。まあ今の位置なら大丈夫かな」

「……」

「前の映像、残ってんの？」

「まさか、すぐに削除したよ」

「え、そういうことやっちゃうんだ？　柊哉さん、けっこう悪い大人だね」

悪戯《いたずら》っぽく笑ってみせる。それが何とも魅力的で、柊哉にまた火がついた。発情期はまだ一週間先だ。それなのにこれは…。

「んー、誘ってる？」

そう云われても反論できない。自分でも戸惑っているのだから。

「車、回して来るね」

槙嶋が先に店を出て、柊哉もすぐに後を追った。

「…あんたが従業員たちに誤解されてるの知ってたけど、俺が庇うと逆効果になりかねないから、なかなか云い出せなくて…。今日はスッキリしたよ」

槙嶋は運転しながらちらっと柊哉を見る。

彼が庇おうと考えてくれていたことを知って、柊哉は嬉しいというより安心する気持ちの方が強かった。わかってくれていたんだと思うと、じわっと気持ちが温かくなる。誰も味方がいないと思っていたけど違っていた。

「カフェで見た人が弁護士だとは思わなかったけど…」

「あ……」

「店の近くのカフェで俺に見せつけてるつもりかって思ったんだけど…」

「そんなこと…」

「かなりむかついた」

笑いながら云っているから、たぶん冗談だろうと柊哉は思ったが、それでもなんだかドキドキしてくる。

「けど、弁護士に相談する前に俺に話してくれてもよくない？」

「迷惑かけるわけには…」

「付き合ってるのに、水臭くないか？」

「つ、付き合ってる？」

付き合ってたのか、俺たち？　そういえば、さっきも彼氏って…。

「なに驚いてんの？」

「だ、だって…」

信号待ちで停車すると、槇嶋はステアリングに腕を載せて、じっと柊哉を見た。

「…アルファなんて、オメガをやり捨てる奴ばっかりだと思ってた？」

「……違うのか？」

「ひでえ。ていうか、まあ確かに最初は興味本位だったけどね」

「ほら見ろ」

「最初だけだよ？」

槇嶋は優しく返すと、車を出した。

「あれはあれで、すごい刺激的だったな。本能に突き動かされるってああいうことかと思ったよ。抗えないって意味がわかった」

「けど、発情したオメガなら誰にでもそうなるわけじゃないよ？　あんたもそうじゃないの？」

その言葉は、甘く柊哉に響いた。

「……」

長いキスのあと、槇嶋は耳の下に鼻を埋めて柊哉の匂いを嗅いだ。

「やっぱりこの前より濃いね。発情期に近づいてる感じ…」

槇嶋は優しい目で柊哉を見た。

「…発情期がきたら、あんたを番にしたいんだけど……」

どっくんと柊哉の心臓が震えて、瞬きもせずに槇嶋を見た。

「そ、それは……」

「さっさと俺のものにしたい。あんたを守れるのは俺だけだから」

「ちょ、ちょっと待って。そんな急に…」

「さっき云っただろ？　発情したオメガだからって誰でもヤっちゃうほどガキじゃない。オメガだったら簡単にアルファを誘惑できるって思ってる奴いるけど、そんな単純じゃない」

槇嶋のストレートな感情に、柊哉は苦しそうに喉を上下させた。

「俺はもう確信してる。あんたは、俺の番だ」

自信満々に云うと、柊哉の首筋を指でなぞった。

「尤《もっと》も、最初はやたらうまそうなオメガだなってことくらい…。ただ、喰ったらうまくて、また欲しくなる。それが、気付いたら、他の奴には絶対に喰わせたくなくなって…」

「……」

「だったら、俺のモンにするしかないだろう?」

薄く笑った。

「いつだってあんたを自由に喰いたいんだよ。だから傍においておきたい。それは俺だけの権利だ。他の奴には触らせない。…ダメか?」

色っぽい目で聞かれて、全身が震えた。

「柊哉、いいと云ってくれ」

目から揶揄《やゆ》が消えて、真摯《しんし》な鋭い視線が柊哉に突き刺さる。

柊哉は、それから目を逸らすことができない。

「も、もうとっくに、あんたのもんだ…」

掠《かす》れる声で、ようやっと返した。

「…だと思った」

槇嶋の目に、笑みが浮かぶ。

二人は、お互いを確認するように激しく口づけた。舌を絡め合って、服を脱がし合う。

「確認しとくけど、これはプロポーズだから」

「え……」

「え、じゃないよ。俺はただのセックスパートナーのつもりじゃないぞ？　あんたに対して責任を持ちたい。家族になってほしいんだ」

当たり前のように云う。それを聞いた柊哉の目にうっすらと涙が浮かんだ。

「大事にするよ。俺のことも大事にして？」

更に涙が溢れて、槇嶋はそれを舌で拭った。

自分が彼の家族になることを、槇嶋の家族は反対するかもしれない。もしかしたら、そんなのはただの夢なのかもしれない。

それでも、槇嶋がそう云ってくれただけで、そう考えてくれただけで、もう充分だった。この夢で、自分は一生生きていける。そのくらい、柊哉にとって家族の存在は遠いものだ。が、同時に槇嶋の言葉は彼の希望になった。

嬉しいのだ。そんなふうに云ってくれて。

「凌……」

柊哉は自ら身体を開いた。

まだ完全に濡れない柊哉のそこに槇嶋のものはかなりきつかったが、それでも槇嶋の慣れた愛撫に翻弄されて、柊哉はこれ以上ないほどの幸福に酔った。


上原が復帰した数日後、店は五日間の臨時休業に入った。内装工事のための休業で、五日間は店内立ち入り禁止になる。それはぴったり柊哉の発情期と重なった。

もちろん偶然ではなく、シェフの特権をいかして工事日程を発情期に合わせたのだ。

しかし日程を決めたのは半年以上前で、そのときには自分が発情期をアルファと過ごすことになるなんて、想像もしてなかった。

柊哉が連れていかれたマンションは、一流ホテルのようなエントランスで、ガードマンやコンシェルジュが配置されていて、居住者以外は簡単に侵入できないようになっている。

「すご……」

柊哉は思わず溜め息をついた。

「ここなら安心だろ？」

槇嶋は、柊哉を自宅に招き入れると、ぎゅっと抱きしめた。

「ああ、ずっと我慢してたんだ」

囁くと、柊哉の耳の下をいっぱい嗅ぐ。

柊哉の仕事が終わるころに迎えに来たときから、柊哉からうっすらと漏れてくるフェロモンを感じ取っていたのだ。

「誰かに何か云われなかった？」

柊哉は槇嶋にお願いされて、ピルをやめていた。

「べつに何も…。まだ始まってないし…」

「そうなの？　でもすごいいい匂いしてる…」

更に鼻先を押し付けて、匂いを嗅ぐ。

「ちょ、それ、やめて……」

匂いを嗅がれるのは、なんかちょっと恥ずかしいのだ。

槇嶋は笑って、広いベッドに彼を組み敷いた。

服を脱がされて、キスをされるだけで、柊哉は全身が火照ってくる。

槇嶋が欲しくて、欲しくてたまらなくて、奥が濡れてきてしまう。

「…発情してんじゃん。さっきと匂い違うよ……」

「うそ……」

「ほんと。俺を誘ってる…」

槇嶋は柊哉を見下ろしながら云うと、彼の足を押し開いた。

「もうこんなになってるね」

微笑すると、柊哉の硬くなったものを口に含んだ。

「あっ、あっ、ああ…ン……」

ペニスをしゃぶられて、それがあまりにも気持ちよくて、露骨なくらい濃いフェロモンが、柊哉から溢れ出る。

「うしろ、ひくついている……」

しゃぶりながら揶揄われる。そして、そこに指が埋まった。

「ひゃ、ああ…っ…」

柊哉はあっという間に、イってしまった。

「…一度イった方が、たっぷり楽しめる」

槇嶋は微笑を浮かべると、柊哉に口づけた。

さっきよりも時間をかけて、柊哉の唇を貪る。激しくて、息苦しくなってくる。

そしてまた、柊哉の匂いも変わっていく。

「すげ……」

槇嶋はいったん身体を離すと、眉をきつく寄せた。

「こんなの、我慢できるはずない」

怒張して反り返るものを、柊哉の入り口に押し当てる。

「ピルないと、全然違うのな」

涎《よだれ》のように愛液が垂れる。

「凌…、は、はやく……」

ぱくぱくと口を開けて槇嶋を待っている。

焦らすこともできずに、槇嶋は彼の中にペニスを捩じ込ませた。

「あ、あああああっ…」

甘く濡れた声を上げて、柊哉はそれを迎え入れた。

「中、うねってる…」

槇嶋は、更に奥に突き入れる。

柊哉のフェロモンが噎せるほどの匂いで、それを深く吸い込んだ槇嶋は、一気にヒートした。

「あ、ああん…」

中で、槇嶋のものが更に膨れ上がり、槇嶋から柊哉を捻じ伏せるような強い匂いが放たれた。

その瞬間、槇嶋の目の奥が光った。

自分のものを埋めたまま体勢を変えて、背後から抱くと足を抱え上げた。

更に奥深く、太いものが突き刺さる。

「あ、ああっ……」

柊哉は顎を逸らして、快感の声を上げる。

再び、柊哉からいやらしい匂いが溢れた。

「柊哉……」

槇嶋は、自分の雌に印を付けるために、彼の肩口に歯を立てた。

ぴくっと震えて、柊哉の身体が緊張する。

次の瞬間、槇嶋はそこに喰らいついた。

「…柊哉。俺のもんだ……」

「凌……」

痛みと、強い眩暈で意識が遠のいていく。そのときに、彼のものになった悦《よろこ》びが流れ込んできた。

番になれた、んだ…。

うれ、しい……。

そのときに、ぼんやりと聞こえた気がした。

「柊哉、愛してる」

あ、俺も。

「凌、好き……」

その後のことは、覚えていなかった。

あとがき

鬼滅が終わってしまって、寂しい時間を過ごしている義月《よしづき》です。こんにちは。

またまたオメガバースですが、前回とはまた違う世界のお話です。レストランを舞台にした、研修中のオーナーの孫（アルファ）×雇われシェフ（オメガ）のお話となっております。

部下×上司の変形バージョン、年下攻め、受けはツンデレ…といった味付けですので、お好きな方はぜひお試しくださいませ。

カッコよすぎるCiel《シエル》様のカバーラフに興奮しています。何度かご一緒させていただいていますが、いつも麗しいイラストにくらくらしています。イケメン攻めが、ギャルソンで壁ドン…、夢のようです。ありがとうございます…！

またJ仲間の担当様には、いつも励まされています。ほんとに感謝です。

何より、読者さまには最大の感謝を。貴方がいるから書き続けていくことができています。数多ある本の中から拙作を選んでくださって、ありがとうございます。心から。

二〇二〇年七月　義月粧子《しょうこ》

Cocktail Kiss Label

カクテルキス文庫をお買い上げいただきありがとうございます。
先生方へのファンレター、ご感想は
カクテルキス文庫編集部へお送りください。

〒102-0073　東京都千代田区九段北1-5-9-3F
株式会社Jパブリッシング　カクテルキス文庫編集部
「義月粧子先生」係　／　「Ciel先生」係

◆カクテルキス文庫HP◆ http://www.j-publishing.co.jp/cocktailkiss/

オメガバースの寵愛レシピ

2020年8月30日　初版発行

著　者　義月粧子
発行人　神永泰宏
発行所　株式会社Jパブリッシング
〒102-0073　東京都千代田区九段北1-5-9-3F
TEL　03-4332-5141
FAX　03-4332-5318
印刷所　中央精版印刷株式会社
ISBN978-4-86669-318-7　Printed in JAPAN